Juliane Kay

ZWEI IN ITALIEN

Roman

Mit einem Nachwort von
Veronika Hofeneder

Milena

IMMER SCHON hatten wir uns viel auf unsere Freundschaft eingebildet. Wir fanden sie anders als andere Freundschaften und betonten ihr heiteres Schweben in unstofflichen Räumen. Wir lächelten nachsichtig über Liebes- und Leidensgeschichten.

Liebe, sagten wir, sei eine Reise – mit Etappen und Aufenthalten – von Ägypten nach Island. Immer dieselbe Reise. Bestenfalls befände man sich zuletzt auf einer Mittelstation im Zustand wohltemperierter, gelassener Freundschaft.

Darum fanden wir es zweckmäßiger, die Liebesgeschichte zu umgehen und uns von Anfang an einer dauerhafteren Sache zuzuwenden. Außerdem standen wir nicht in der ersten Jugend. Eher standen wir in der vorletzten Jugend.

Was mich betraf, so war ich es müde geworden, mich mit Komplexen herumzuschlagen und die Mühen und Plagen der Eitelkeit zu ertragen. Ich fand, dass der ewige Kampf um ihn – wenn man die Lupe der kaltblütigen Vernunft nahm und ihn innen und außen scharf betrachtete – sich in den seltensten Fällen lohnte.

Ich hatte einige »Ihns« gekannt. Anfangs hatte ich sie geblendet und lupenlos gesehen und sie als bedeutungsvolle, erstrebenswerte Geschöpfe bezeichnet. Später waren ihre Fehler und Eigenarten wie Maden aus prunkvollen Äpfeln gekrochen. Sie hatten allesamt faule Stellen. Ich auch. Aber lieben bedeutet, sich gegenseitig seine Fehler zu verzeihen – nachdem man sich lange bemüht hat, die eigenen zu verbergen und die des anderen zu übersehen.

Ich wollte nichts mehr verbergen und nichts mehr übersehen.

Paul sagte, ihm ginge es ebenso. Er wollte es gemütlich haben. Es sei entsetzlich anstrengend, dauernd zärtlich zu sein. Wäre man aber nicht dauernd zärtlich, so seien die Frauen beleidigt. Beleidigte Frauen aber seien das Ärgste, was man ihm zumuten könne.

Später erfuhr ich, dass es noch andere Dinge gab, die man ihm nicht zumuten konnte. Beispielsweise Pyjamas, an Stelle der Nachthemden, die er bevorzugte.

In Gegenwart liebender Frauen allerdings, sagte er, sei er gezwungen, Pyjamas zu tragen, die ihn überall kniffen, sodass er kein Auge schließen könne. Zudem, sagte er, hätten liebende Frauen das Bedürfnis, an seiner Schulter zu schlafen. Seine Schulter aber habe das Bedürfnis, den Kopf der liebenden Frau abzuschütteln. Davon wache die liebende Frau dann meistens auf. Und wenn er sich umdrehte, sei sie beleidigt. Beleidigte Frauen aber …

Aus allen diesen Gründen fanden wir, dass unsere Freundschaft das Beste war, was man uns hatte bieten können – wir lobten und priesen sie und hätten sie täglich gepriesen, wenn wir uns täglich gesehen hätten.

So aber, wie die Dinge nun einmal lagen, lebten wir in verschiedenen Städten, und oftmals vergingen Wochen und Monate, ehe wir uns wiedersahen.

Manchmal gefiel es dem Schicksal, uns an den gleichen Arbeitsplatz zu stellen, manchmal aber, meistens, gefiel es dem Schicksal nicht. Darum war es ein außergewöhnlicher Tag, an dem Pauls Brief kam. Kein gewöhnlicher Tag, kein gewöhnlicher Brief.

IN diesem Brief stand, dass er zwei Wochen Zeit hätte, dass er Geld in Italien liegen habe und dass er Lust hätte, zu reisen. Bis dahin las ich den Brief mit wohlwollendem Neid.

In den nächsten Zeilen aber stand, dass er es nett fände, wenn ich mitkäme, es sei langweilig für ihn, den Mammon allein zu verbrauchen.

Plötzlich hörte ich Palmen rauschen und sah Paläste und Säulen. Ich war noch nie in Italien gewesen, aber ich hatte mir lebenslänglich gewünscht, dort zu sein.

Ich war so glücklich, dass ich eine Stunde lang kettenrauchte. Dann wartete ich auf den Schaden, den ich davontragen musste, sofern die warnenden Nikotinartikel in den Zeitungen recht hatten. Aber vorläufig trug ich ihn nicht davon.

Gleichzeitig fiel mir ein, dass ich vor längerer Zeit Lire verdient hatte, die noch unbenützt dalagen. Eine kleine Summe, aber sie würde Pauls Mammon abrunden.

Wenn ich rechtzeitig telegrafierte, würde der Rechtsanwalt, der die Lire verwaltete, sie für mich abheben können. Der Rechtsanwalt wohnte in Bozen, und ich hatte ihn früher gut gekannt.

Und dann fiel mir ein, dass meine Koffer, die solid, aber betagt wirkten, nicht zu Pauls Mercedes passen würden (Luxusausführung, lang gestreckt, mit viel Wagen vorne und hinten).

Aber irgendjemand würde mir Koffer leihen. Von da an rannte ich. Ich rannte zum Telegrafenamt, ich rannte zu Else, die mir den großen, und zu Helga, die mir den kleinen Koffer lieh. Dann kaufte ich eine Kappe, nicht der Kappe, sondern des Schleiers wegen, der an ihr hing und dessen Rand gerade dort über meine Nase lief, wo der Kummer saß. Der Kummer bestand darin, dass die Nase sich erstmals entschlossen hatte, sanft nach Süden zu wandern und dann die Richtung verloren hatte, sodass sie ein wenig fragend in der Luft stand.

Ich lief und rannte und packte ein. Zuletzt kamen noch drei Telegramme. Im ersten stand, dass ich in Salzburg abgeholt werden würde, dass wir aber nach München müssten, weil Paul am nächsten Morgen noch dort zu tun hätte. Im zweiten stand, dass ich einen Tag früher kommen sollte. Im dritten stand, dass ich noch einen Tag früher kommen sollte. Dadurch geriet ich in eine Art Strudel, aus dem ich mich nur mit Mühe wieder herausfand.

Dann fuhr ich ab.

UNTERWEGS stiegen graue Sorgen in mir auf. Hatte ich das Datum richtig gelesen? Oder stand ich in Salzburg allein auf dem Bahnsteig, umgeben von Einsamkeit und Verwirrung?

Würde ich mit Gepäckträgern lange Gespräche führen, nur um nicht ganz allein zu sein?

Würde der Rechtsanwalt die Lire freibekommen, oder saß ich mitten in Italien ohne eine einzige Zigarette – denn wie ich Paul kannte, würde er mir großzügig drei Würste, fünf Zahnbürsten und sechs Bonbonnieren schenken, aber nicht eine einzige Zigarette. Nichtraucher sind unempfindlich gegen Rauchergelüste. Sie wollen den Raucher entwöhnen, sie geben vor, um seine Gesundheit besorgt zu sein. In Wirklichkeit können Nichtraucher die behagliche Sattheit nicht leiden, mit der der Raucher sich dem Rauchen hingibt. (Ungefähr wie dem Nüchternen der Anblick des Betrunkenen zuwider ist.)

Für fünf, sechs Tage ungefähr reichte mein Vorrat, falls die Grenzbeamten ihn nicht entdeckten.

Dann lief der Zug in Salzburg ein.

Als ich auf dem Bahnhof stand, sah ich mich suchend um. Da Paul nicht da war, sah ich mich so lange um, bis der letzte Gepäckträger sich im Gewühl verloren hatte.

Ich nahm Elses großen und Helgas kleinen Koffer. Ich hatte mir vorgestellt, dass ich federnd über den Bahnsteig gehen würde, aber Frauen, die Koffer tragen und wie einseitig beschwerte Küchenwaagen aussehen, verlieren viel Federndes aus ihrem Gang.

Unten auf dem Bahnhofplatz lachten und plauderten diejenigen, die Gepäckträger hatten und abgeholt worden waren. Frohe, sorglose Menschen. Ich stellte die Koffer neben mich und überlegte, was zu tun sei.

Natürlich hatte ich mich im Datum geirrt, oder Paul stand auf der Autobahn mit einer Panne – falls ihm nichts Schlimmeres passiert war.

Ich sah den Wagen, der über die Straßenböschung hinausschoss und im Wasser schwamm, mit dem Kopf, Pauls Kopf, nach unten … Ich sah den Wagen in Form eines Kerbtiers an einen Baum gepresst …

Dann legte sich von hinten eine Hand auf meine Schulter, und Paul sagte: »Grüß dich« oder etwas Ähnliches. Ich verstand nur, dass er lebendig dastand und lachte. Worauf ich vor Freude einen meiner Anfälle bekam. Sie bestanden darin, dass ich albern zu lachen anfing und nicht wieder aufhören konnte … der Kitzel saß im Hals und in der Brust und schüttelte mich, sodass ich mich selbst zur Ordnung rief und den besten Willen hatte, vernünftig zu sein, aber es half nicht, es musste sich von selber legen. Paul behauptete, dass meine Anfälle leider ansteckend seien, und so setzten wir die wortlose Begrüßung noch eine Weile fort.

Dann erfassten wir, dass plötzlich doch noch ein Gepäckträger vor uns stand, der uns besorgt ansah. Worauf wir ernst wurden und nach Kleingeld suchten. Da ich aber noch nie einen Menschen gesehen habe, der im rechten Augenblick Kleingeld findet, so gaben wir ihm in der Eile Großgeld und ersahen aus dem Glanz seiner Augen, dass er uns zu den netten Bourgeoisen rechnete, im Gegensatz zu den verdammten.

Wir standen vor dem Mercedes. Es gab keinen schöneren, er sah aus wie ein schlankes Pferd mit hellem, glänzendem Fell. Die Polster innen hatten Armstützen, und man saß so tief und geborgen, als säße man abgetrennt von jeglicher Wirklichkeit.

Der Gepäckträger verschwand, und jetzt erst, da der Wagen leise dahinglitt, begrüßten wir uns.

Flüchtig bemerkte ich, dass Paul braun gebrannt war und gut aussah. Ich bemerkte den hellen Anzug, die hellen Haare, die Augen, die grau oder grünlich grau und nicht nur in der Farbe veränderlich waren. Sie konnten sanft, freundlich, wütend, ärgerlich, scharf, kindlich, gütig, voll des kochenden Zorns und voll des spiegelglatten Hohns sein.

Derzeit waren sie sanft und humorvoll. In dieser Verfassung brachten sie es zuwege, dass sich in meinem Inneren, zwischen Hals und Magen, ein Teich von Zärtlichkeit bildete. Aber ich tat, als gäbe es keine Teiche, und sagte nur, dass ich mich freute und dass ich mit Salzburg allein zufrieden gewesen wäre – und nun Italien!

»Ja, es wird nett sein, es dir zu zeigen!«

»*Es* …«, fragte ich, »wo fahren wir denn hin?«

»Nach Rom«, antwortete Paul, und von da an nannten wir die Reise die Pilgerfahrt.

ZUERST pilgerten wir durch Salzburg. Hier hatten wir zusammen gearbeitet, und die Erinnerungen hingen wie Trauben an jeder Ecke und jedem Platz. Zudem war Vollmond. Wir fuhren am Salzachufer entlang, um den Mond im Wasser zu sehen, die treibenden kleinen Mondschlangen in den Wellen.

Dann hielten wir auf dem Residenzplatz und wussten, dass der Brunnen, die Weiden, die flachdächigen Häuser, die Festung über uns – dass jeder Platz in dieser Stadt aus Gemälden bestand, erdacht, gemalt von den Händen einer Zeit, die Schönheit mehr liebte als alles andere auf Erden.

Und wir segneten sämtliche Erzbischöfe und Stadtväter, die dieser Schönheit verfallen gewesen waren. Und langsam, den Blick immer noch zurückgewandt, fuhren wir aus der träumenden Mondstadt hinaus und der Grenze zu.

PAUL schritt aufrecht ins Zollhaus – er war ohne Gepäck und hatte nichts zu verbergen. Ich lächelte ungemein vertrauenerweckend und »kein Wasser trübend«, als es sich um meine Koffer drehte. Zigaretten ... einige Zigaretten ... und öffnete die Handtasche. Aber der Beamte wollte meinen Koffer sehen, den kleinen. Das war nett von ihm, denn die Zigaretten lagen im großen.

Wir fuhren weiter und hielten nur vor dem Chiemsee noch an, um neuerdings Mondschlangen zu sehen, und der Teich in mir dehnte sich noch ein wenig aus.

Paul sagte, dass es nett für ihn sei, August den Starken wieder bei sich zu haben.

Der Starke bezog sich auf ein Bild des verblichenen Herrschers, dessen Haartracht an meine erinnerte, die ich nie oder selten in die gewünschte Form brachte, sodass ich lebenslänglich die ordnungsgemäß Frisierten beneidete.

Es gab Frauen, bei deren Anblick mir geradezu schlecht wurde vor Neid. Frauen mit langen Haar-Vorhängen, Frauen mit glatten Scheiteln. Und ähnliche. Am schlechtesten wurde mir, wenn ich eine zarte, gerade Nase sah, umrahmt von sturm- und regensicheren Löckchen über der Stirn. Glücklicherweise entdeckte ich an jeder Nasenschönheit irgendeinen anderen Fehler – dicke Beine, oder abendfüllende Breitseiten von hinten –, aber Männer entdeckten diese Fehler nie, leider.

Gegen zehn Uhr kamen wir nach München. Ich hatte noch nicht zu Abend gegessen, und mein Magen knurrte diskret. Aber Paul hatte niemals Hunger. Er sagte auch, dass er ein schwacher

Esser sei. Ich hatte ihn mehrfach an einem Abend ein Huhn auf Reis, Roastbeef mit Beilagen, Pudding, Käse, Ananas mit Schlagsahne und zuletzt nochmals Käse, Kompott und nochmals Ananas mit Schlagsahne essen sehen. Trotzdem hatte er den männlichen Mut, zu sagen, dass er ein schwacher Esser sei. Allerdings gab es Tage, an denen er mittags überhaupt nichts aß, an diesen Tagen also hatte er gewissermaßen ein Anrecht auf den schwachen Esser.

Diesmal schien er mittags gegessen zu haben, denn als wir in seine Wohnung kamen, die neu war, sodass ich sie noch nicht kannte, hatten wir viel zu besehen und zu bestaunen. Ich hätte sie lieber nach dem Essen besehen und bestaunt, aber trotzdem fand ich sie großartig in ihrer Mischung von kostspieliger Pracht und (noch kostspieligerer) Einfachheit.

Endlich, als ich vor Hunger Falten schlug wie ein schlappes Segel, kam das Abendessen.

Und dann kam noch etwas: Nach all der Freude musste sich eine Senkung zum Trüben, der Schatten eines Kummers einschleichen. Er kam aus einer Hoffnung, die ich genährt hatte, aus der Hoffnung auf eine gemeinsame Arbeit. Die Gemeinsame bestand darin, dass Paul Häuser entwarf und baute, während ich wie sein kleiner Schatten und unter seiner Leitung und Führung die Räume, die er entstehen ließ, mit Wohnlichkeit oder Zweckmäßigkeit zu versorgen hatte, sodass Lampen, Teppiche, Möbel, Farben und Formen in meinem Kopf wie Quellen entsprangen, in Pauls Kopf mündeten, sich dort zu Strömen sammelten oder zurückflossen zu neuen Quellen, die wiederum danach strebten, zum Ganzen zu fließen.

Als ich wegfuhr, hatte ich einen Arbeitsauftrag in Händen, nicht fest in Händen, ich besaß ihn als imaginäres Gut, als Hoffnung, als Wunsch und stille Vorfreude. Ich fand ihn schön:

Eine alte Burg, die still und äußerlich unberührt der verfließenden Zeit lange zugesehen hatte, sollte in ein Hotel verwandelt werden. Die Bank, die sie erworben hatte, wollte, um Nutzen zu ziehen, viel Nützliches investieren und den alten Bau, wie die Herren sich ausdrückten, dem Fremdenverkehr erschließen.

Da die innere Umgestaltung schwierig sein würde, sollte Paul den Bau übernehmen, ich sollte adlatische Dienste tun. Wenn Paul einwilligte, würden wir zusammen arbeiten, ich würde Geld verdienen und froh sein und dergleichen mehr.

Vor Kurzem hatte sich Paul über den Plan, der inzwischen gediehen war, erfreut ausgesprochen. Er hatte Herrn Hicks gelobt, der uns den Auftrag geben wollte, und nur Zweifel gehegt, ob er ihn geben würde. Aber nun hatte er ihn gegeben, und ich erwartete, eine große Freude in Pauls Gesicht zu sehen. Aber als ich anfangen wollte, davon zu sprechen, schnitt er mir kurz das Wort ab: Ich sollte nur ja nicht, um Himmels willen nicht von Berufsdingen reden! Er sah dabei so unglücklich und gequält aus, dass ich begriff, es würde gleich mit den Nerven losgehen.

Ich schwieg also, aber ich grämte mich im Stillen. Ich war stolz gewesen, dass Hicks das Projekt »umgehend« verwirklichen wollte – und nun sollte ich nicht davon reden. Weshalb nicht? Was hatte er gegen die nette Burg, die verlassen dalag und darauf wartete, wieder ein wenig Leben in ihre Mauern zu bekommen? Außerdem wartete Hicks auf Nachricht, ob und wann Paul Zeit haben würde, zur Arbeit anzutreten.

Ich hatte vergessen, dass Ruhm- und Lorbeerleute um ihre Zusage gebeten werden wollen. Und dann hatte ich die Nerven vergessen. Aber ich besaß auch Nerven. Und ich hatte lange genug auf die Arbeit gewartet.

Also aß ich den Rest des Abendessens schweigsamer als sonst. Dann fiel mir ein, dass Paul beleidigte Frauen nicht leiden mochte. Und mit der Verlogenheit, die uns allen eignet, fing ich zu reden an. Nicht von der Burg. Von kleinen Dingen und Lächerlichkeiten – und Pauls Gesicht klärte sich auf. »Dann wollen wir also morgen losfahren!«, sagte er heiter zum Abschied, »und ich bitte dich nur um eines: Rede nur ja während der Reise nichts und niemals von diesen ekligen Berufsdingen, die ich dick und über habe bis obenhin!«

Als ich im Bett lag, kamen mir – leider neigte ich dann und wann dazu – ein paar alberne Tränen. Ihm also lag nichts an der gemeinsamen Arbeit, nichts, gar nichts. Ich kam mir unendlich bedauernswert vor. Da hatte ich nun lange gewartet, hatte andere, belanglose Arbeit getan und nicht ein Wort gesagt, als mir Paul vor Monaten eine Gemeinsame verpatzte, weil ihm die Lage des Platzes, der Schlips des Bauherrn oder sonst etwas nicht passte. Ich hatte elegant dazu geschwiegen.

Aber dann fiel mir ein, dass er mich zur Pilgerfahrt eingeladen hatte, und kam mir weniger bedauernswert vor. Herr Hicks, der auf mein Telegramm wartete, schwebte vor meinen Augen. Er schwebte so lange, bis ich einschlief.

AM nächsten Tag stürmte ich aus dem Bett und in das Badezimmer und tat alles mit Windeseile, da ich den Auftrag hatte, um neun in seiner Wohnung zu sein. Ich beschloss, nur in die Wanne zu stürzen, ohne Gemütlichkeit, nur einfach zu stürzen, zu frühstücken, zu packen, in die Kleider zu fahren.

Abgehetzt, aber pünktlich erschien ich in Pauls Wohnung und erfuhr, dass Herr Berris soeben aufgestanden sei und »gleich« käme. Ich ging ins Wohnzimmer und wartete. Ich malte mir aus, wie bequem ich noch jetzt in der Wanne liegen könnte. Dann malte ich mir aus, wie bequem ich noch jetzt im Bett liegen könnte. Ich hatte Lust, noch ein wenig zu schlafen. Aber die

Möbel waren so neu, dass es keinen einzigen Platz gab, auf dem man sitzen konnte, ohne um die neue Polsterung besorgt zu sein.

Ich wagte es, eine Zigarette zu rauchen, und fand dann selbst, dass die Asche sich im neuen Aschenbecher störend ausnahm. Von Paul sah ich nichts. Ich hörte nur seine Stimme und erkannte, dass die Nerven wie junge Ziegen aus dem Stall gelassen waren, sie sprangen über die Seele der Frau Abel (der besten aller Wirtschafterinnen), sie sprangen in der Wohnung herum, sie verdammten die Koffer und die Hemden und die Anzüge und alles.

Ich trat auf den Balkon hinaus und bekam Wurzeln in den Beinen. Ich setzte mich in einen der neuen Stühle und bekam Wurzeln in jenem Körperteil, der immer als eine Art Scherzartikel behandelt wird, obwohl er im Grunde nichts Scherzhaftes an sich hat.

Dann fing ich zu grübeln an, warum Körperteile, die man am notwendigsten braucht, keine ordentlichen, vernünftigen Namen haben. Feine Leute benennen sie medizinisch-lateinisch oder gebrauchen Umschreibungen, mit verlegenem Lächeln, aber wohlklingende, nette Namen bekommen sie niemals.

Ich merkte erst, dass ich geschlafen hatte, als Paul mich weckte. Nicht mit rauer Hand. Er tippte mir mit dem Zeigefinger auf mein Kleinhirn und sagte: »Wohl bekomm's!«

Dann gingen wir mit Koffern und Mänteln die Treppen hinunter. Frau Abel weinte – teils um »ihn«, teils, weil sie die Flasche mit dem Augenwasser versehentlich in den Ausguss geschüttet hatte. Dann fuhren wir ab.

KANNST du mir sagen«, fragte Paul, als wir die Stadt hinter uns hatten, »weshalb Frauen Augenwasser in den Ausguss schütten?«

»Weil sie verwirrt sind, aufgeregt, abgehetzt –.«

Paul schüttelte den Kopf. »Aufregung ist doch kein Grund, um Augenwasser in den Ausguss –.«

Ich schlug vor, das Augenwasser im Ausguss zu lassen und die Gegend zu betrachten! Ich deutete auf einen Baum, der in Blüte stand, kindhaft jung, wie mit weißen Schleiern bedeckt.

»Du hast kein Gefühl für Logik«, sagte Paul streng, »Aufregung, Abgehetztheit – schön. Aber darum ohne jeden Grund mein Augenwasser in den Ausguss –.«

»Aber«, fügte er hinzu, »jetzt schlage ich dir ernstlich vor, über das Augenwasser kein Wort mehr zu verlieren. Schau dort den Baum an, er sieht aus wie eine Braut!«

WIR sahen noch viele Bräute, und überall auf den Feldern kamen die ersten Halme hervor, so jung, so überaus grün, dass die Augen vom Ansehen ebenfalls jung und grün wurden, innerlich. Die Sonne schien auf den Frühling … Vorfrühling … Halbfrühling … Die Bäume waren noch kahl. Im Hintergrund standen die Berge, die mich ängstigten, nicht weil es Berge waren, sondern weil ich kein Gedächtnis hatte für ihre Namen.

Aber Paul stammte väterlicherseits aus dem Norden, und Männer, die aus dem Norden stammen, reisen mit Landkarten im Kopf, sie kennen die Flüsse, die Berge, die Pässe, die Wasserscheiden; sie wissen, dass der Granit aufhört und der Porphyr beginnt und Ähnliches. Ich wusste nichts.

»Na«, sagte Paul wohlwollend und deutete auf einen der Gipfel, der genauso aussah wie der nächste und übernächste Gipfel, »den kennst du doch.«

Ich durchblätterte aufgeregt mein Gehirn. Irgendwo musste die Zugspitze sein, aber jeder Berg war nicht die Zugspitze. Ich gestand, dass ich es nicht wusste.

»Ir-re-para-bel, dein Gehirn«, sagte er kopfschüttelnd. »Man muss doch wissen, wie das heißt, was man sieht!«

Musste man das? Ich war der Meinung, dass man es nicht zu wissen brauchte. Darüber stritten wir eine Weile. Dann war die Landschaft zu schön, um zu streiten, und Paul meinte, wir sollten anhalten und Kaffee aus unseren Thermosflaschen trinken.

Wir hielten am Straßenrand. Es gab aufgeschichtete Baumstämme am Ende des kleinen Wegs, der vom Wald herabkam. Auf diese Stämme setzten wir uns und hatten die Wiesen und Felder vor uns, die kleinen bayrischen Dörfer mit ihren Zwiebelturmkirchen, ihren heiteren Dächern und ihrem tiefen Frieden. Die Leute ackerten auf den Feldern.

»Au«, sagte Paul. Der Becher in seiner Hand war heiß, der Kaffee war zu heiß, er begriff nicht, weshalb Frauen immer heißen Kaffee in Thermosflaschen füllten! Konnten sie nicht lauwarmen einfüllen?

»Und ich begreife nicht«, sagte ich, denn damals hatte ich noch den Mut, dergleichen zu sagen, »weshalb du dir mit solchen Kleinigkeiten die Laune verdirbst!«

»Ich verderbe sie nicht! Die anderen tun es, mit ihren Unzulänglichkeiten, Dummheiten, ihrer Unvernunft und Gedankenlosigkeit.«

Ich fand, dass man ein wenig tolerant sein könnte.

Gott, mit dieser ewigen Toleranz hätte er sich nun lange genug gelangweilt, antwortete er. Auf die Dauer hätte er keine Lust mehr, tolerant zu sein. Und um sein Wort in die Tat umzusetzen, fuhr er mich an: »Man begießt sich nicht mit Kaffee, wenn man Anspruch erhebt auf ein Gran Vernunft!«

Ich hatte einen Tropfen Kaffee auf dem Rock. »Ich hab' nicht gesehen, dass noch ein Rest im Becher –.«

»Das ist es«, höhnte er, »man sieht nach, ob noch ein Rest im

Becher ist, dann erst kippt man ihn auf die Flasche.«

Damit kippte er seinen Becher auf die Flasche. Und wie es zugegangen war, begriffen wir niemals, aber der Erfolg seiner eindrucksvollen Belehrung waren zwei lange, breite Flecke quer über seine Hose.

Er besah sie tiefsinnig und grübelte anscheinend darüber nach, wie es möglich gewesen war, dass –.

Ich ging zum Bach hinunter, mit einem reinen Lappen, und trat hinter die Weiden, wo sie am dichtesten waren, da ich einen meiner Anfälle bekommen hatte. Dann legte ich mich in ernste Falten und kam mit dem Tuch zurück, um den Fleck aus der Hose zu putzen. Während des Putzens war es gut, dass mein Gesicht gesenkt war – denn der Anfall war noch keineswegs vorüber.

SPÄTER, als wir wieder im Wagen saßen, kam die Stille mit dämmernden Schatten von den Bergen herab. In allen Hausgärten stand der Vorfrühling mit jungen Wiesen und braun-lila Beeten. Da wir höhergekommen waren, hörten die grünen Hälmchen auf und Schneereste lagen am Straßenrand.

Ihr alle, sagten wir zu den Bäumen, werdet grün und belaubt sein und den Winter vergessen haben, wenn wir zurückkommen … Aber dann wollten wir nicht vom Zurückkommen reden. Jetzt hatten wir alles vor uns.

Wir fuhren auf der Straße, auf der Goethe gefahren war, ohne von Asphalt zu träumen; aber vom Asphalt abgesehen, war es beinahe dieselbe Straße, jedenfalls derselbe Weg, dieselbe Richtung.

Dort, wo er gestanden und aus dem Blick über die Berge die erste Ahnung Italiens erträumt hatte neben dem Denkmal, das ihm die Nachwelt zur Erinnerung gesetzt hatte, blieben wir stehen und hielten eine Art Andacht ab.

Ich saß still im Wagen, rauchte und dachte an Goethe, an Frau von Stein, die zurückgeblieben war und krank geworden war vor Gram um ihn, den frohen Reisenden. Und ich dachte, dass wir – einschließlich der klugen Frau von Stein – nie klüger wurden, auch wenn wir uns noch so klug stellten …

Dann kamen wir neuerlich zu, einer Grenze, denn nun mussten wir durch ein Stück Österreich, und diesmal erwartete ich bestimmt, dass der Beamte den großen Koffer sehen wollte, aber er wollte gar keinen sehen.

Hingegen merkte ich, dass Paul plötzlich ungeheuer zutraulich lächelte und kein Wasser trübte und dass er nach der Kontrolle noch immer blass und angegriffen aussah. Gleich nach den Schranken sagte er, dass er es nicht aushalte, ich müsste es übernehmen. Was übernehmen?

Er sagte, dass er noch einige Markscheine im Koffer hätte, falls das Vermögen nicht reichte, aber nun hätte er deutlich gemerkt, dass er zum Schmuggeln nicht geboren sei.

Frauen, sagte er, seien die geborenen Schmuggler, und ich könne ihm die Gefälligkeit tun und an den künftigen Grenzen die Markscheine übernehmen. Er gab sie mir gleich.

Nun war ich es, die blass und angegriffen aussah. Denn ich war ebenfalls keine »geborene« und hatte der Zigaretten wegen Angst genug ausgestanden. Nun hatte ich doppelte Angst. Aber ich tröstete mich mit dem Gedanken, dass ich vor morgen Früh nicht zu schmuggeln brauchte. Er gab mir zudem die besten Ratschläge: Ich sollte die Thermosflasche abmontieren und die Scheine zwischen den äußeren und den inneren Boden legen, oder die Haarbürste abmontieren oder den Zahnbürstenbehälter –.

Ich entschied mich für die Haarbürste. Ich brauchte nur sechs kleine Schrauben aus dem Deckel zu nehmen, falls sie sich nehmen ließen …

»Aber vielleicht«, sagte Paul, »sind sie gerade auf Haarbürsten trainiert …«

So erging es uns mit allem. Wenn wir die Scheine unter die Watte des Wattepakets legen wollten, so waren wir überzeugt, dass die Beamten auf Wattepakete trainiert waren. Zuletzt war ich froh, dass ich keinen Mord begangen hatte. Anscheinend hatte ich für den immensen Ideenreichtum, der den Verbrecher befähigt, auch nur die kleinste Spur seiner Spuren zu verwischen, nur wenig Begabung mitbekommen.

Dann fuhren wir in Steinach am Brenner ein und fanden den Gasthof »Wilder Mann«, der uns empfohlen worden war, aber die Männer, die vor der Tür standen und uns den Weg zur Garage zeigten, waren nicht wild, sondern heiter-freundlich.

Der Weg, sagten sie, sei sehr einfach, man müsse neben dem Haus in den hinteren Hof einbiegen, den Hof überqueren, die richtige Scheune finden, nicht die alte und nicht die neue, sondern die frühere neue. Wenn kein Wagen davorstünde, kämen wir leicht hinein.

Es stand kein Wagen davor, aber im Hof wurde irgendetwas gebaut, und darum lagen drei hohe Lehmberge vor der richtigen Scheune, zwei Kalkberge und viele Holzlatten. Die Männer bezeichneten das alles als unbedeutend, man müsse nur darüber weg oder drum herumfahren. Paul hielt an, mit der Miene müder Hoffnungslosigkeit im Gesicht. Aber die Männer schienen den Wagen nicht für einen Wagen zu halten, sondern für einen netten Ohrwurm, der sich beliebig dünn machen konnte.

Paul tat, was Männer tun, wenn sie Hilfe brauchen, er lächelte zutunlich und leutselig, und ich tat, was Frauen in solchen Fällen tun, ich teilte Trinkgelder und Zigaretten aus. Dann trugen die Männer etliche Holzlatten weg und bastelten an den Lehmhaufen herum, sie wurden nicht kleiner dadurch, aber wir spürten den guten Willen und fühlten so etwas wie Rührung über die unverdorbene Menschlichkeit ihrer ländlichen Seelen.

Paul fuhr über Lehm-, Schutt- und Kalkberge, über Latten und Schubkarren, und ich war überzeugt, dass der Wagen aus dem Lack springen würde wie eine Schlange aus der Haut, denn als er die Berge überwunden hatte, war das Scheunentor so eng, dass Paul lange Zeit vor- und zurückfuhr, wobei ihn die Zurufe der Männer begleiteten. Sie sagten »Ho« und »Jo« und »Hü« und »Hö« und spreizten viele Finger und Arme, und als der Wagen in der Scheune stand, sagte Paul, dass – leider – die Reise hiermit zu Ende sei, denn er brächte ihn nie wieder heraus.

Dann aber gingen wir ins Haus und sanken wie matte Fliegen auf die Bänke der hübschesten Wirtsstube, die wir seit Langem gesehen hatten. Alles in dieser Stube war freundlich, angenehm und wohltuend behaglich. Die Wirtin kam mit der milden Tröstlichkeit eines geschulten Psychiaters an unseren Tisch und kochte alles, was wir wollten, und noch vieles, was Paul wollte, denn jetzt sei er hungrig, sagte er, und er log nicht, er aß zwei Forellen, zwei Beefsteaks und fünf Käsekuchen und bemerkte nachlässig, dass die Fahrt ihn esslustig gemacht hätte.

Dazu tranken wir hellroten Wein, dem man es nicht gleich anmerkte, dass er es »in sich« hatte. Wir saßen dicht nebeneinander, und Pauls Arm und Schulter lagen an meinem Arm und meiner Schulter. Ich nahm an, dass er, der Arm, aus Zerstreutheit dort lag, und darum zog ich, wie zufällig, den meinen weg. Plötzlich fiel mir ein, dass ich männliche Ärmelstoffe mit ihrer Dichte und Wärme und ihrem Geruch nach Wolle und Noppen immer gern gehabt hatte. Für Kammgarn hatte ich weniger übrig. Die Noppenwärme kam wieder näher zu meinem Arm, und diesmal rückte ich ihn nicht weg, und plötzlich merkte ich, dass ich den Kopf ein wenig schief hielt, schief nach Pauls

Schulter hin, wie Bäume sich nach dem Licht drehen, und von da an hatte ich alle Kraft nötig, um den Kopf nicht nach dem Licht hin sinken zu lassen, es wäre so angenehm gewesen, ein wenig auszuruhen.

Dazu kam, dass Paul wieder von unserer Freundschaft zu reden anfing und sie als feinste Küche bezeichnete, als Mischung aus Spannung, Vernunft, Klugheit, Zärtlichkeit, Anregung, Heiterkeit und versehen mit einem Ich-weiß-nicht-was-Überguss, der sie undefinierbar schmackhaft mache.

Und heute, sagte er, sei ihm überhaupt sonderbar zumut. Es sei damit angegangen, dass er entdeckt hätte, wie nett ich mich ausnähme, wenn ich Kaffeeflecke herausputze. Er hätte bisher geglaubt, dass mein Charme hauptsächlich ein Gesprächscharme sei, aber er liege zudem noch im Häuslichen, Fraulichen. Und von den Augen weg liefen bläuliche Schatten zu den Schläfen hin, sie sähen gleichzeitig so hilflos und tüchtig aus und seien Zärtlichkeitserreger, Zärtlichkeitsamöben.

Ich brauchte Sekunden, bevor ich antworten konnte. »Die bläulichen Schatten sind keine Schatten, sondern Falten«, sagte ich und versuchte frisch und munter zu reden, ohne jeglichen Wehmutswermut. Aber Paul hatte seinen kulanten Tag.

Falten oder Schatten seien völlig egal, sagte er, die Franzosen nannten dergleichen flétri. Man könnte es nicht übersetzen, sie meinten Blumen damit, die aufgeblüht seien und in dieser Aufgeblühtheit die Anmut des leisen Welkens hätten und stärkere Farben des Aufleuchtens vor der Dämmerung …

Wir gerieten immer tiefer in Flétri-Gespräche und dergleichen. In solchen Fällen geschieht es häufig, dass sich von außen her noch ein anregendes Element anschließt. Diesmal war es die Kellnerin, die dieses Element darstellte. Sie war jung und vereinsamt, hier oben, und so ausgehungert nach »Leben«, dass ihre großen Augen wie Saugpfropfen an uns hingen. Sie hielt uns sichtlich für ein liebendes Paar, und ihr Hunger und Neid – wohlwollender Neid – machte sich in tiefen Seufzern Luft, sooft sie uns einen neuen Hellroten oder einen weiteren Käsekuchen brachte.

Jedermann fühlt sich wohl, wenn er beneidet wird, und zufolge des Wohlfühlens trank Paul noch ein weiteres Glas.

Daraus ergab sich, dass seine Augen schmale, glitzernde Seen wurden, in denen freundliche Fische schwammen. Ich wusste, dass es der Wein war, der die Fische erzeugte, aber ich konnte mich der Wirkung nicht gleich entziehen.

Dann legte er seine Hand wie zufällig auf die meine, und sie blieb dort liegen, bis ich meine Hand ebenso zufällig wieder wegzog. Ich zog sie weg, um ihm das morgen Früh zu erwartende schlechte Gewissen zu ersparen. Denn morgen Früh würde er ärgerlich feststellen, dass wir die angenehm erprobte Freundschaftsgrenze überschritten hatten.

Darum sagte ich ziemlich unvermittelt, dass wir das Gelage beenden und an den gesunden Schlaf denken sollten.

Das taten wir auch. Wir gingen, gefolgt von den Blicken der armen Hungrigen, die Treppe hinauf und lachten über die hohen ländlichen Stufen, mit denen wir nur mit viel Kraft und Willen zurechtkamen, denn der letzte Hellrote war zu viel gewesen.

Oben stellten wir fest, dass unsere Türeingänge weit voneinander entfernt lagen, aber nur zufolge eines baumeisterlichen Kniffs, denn die Zimmerwand – eine von vieren – lag »um die Ecke« benachbart, sodass wir uns durch die Wand hätten verständigen können, so deutlich hörten wir jeden Schritt hüben und drüben.

»Ich werde leise sein und auf Strümpfen gehen«, sagte ich, und Paul kam noch einmal herüber und sah in mein Zimmer herein.

»Dieses Zimmer«, sagte er sinnend, »ist ausgesprochen gemütlich, behaglich ...«

Und ohne den Ton zu ändern, mit gelassener Ruhe fügte er hinzu: »Ich weiß nicht, ob zwei kluge, vernünftige Leute nicht *eine* Entgleisung riskieren könnten – um dann nie wieder daran zurückzudenken ...«

Ich wusste, dass vernünftige Leute dergleichen riskieren konnten, aber ich wusste auch, dass es schwer sein würde, nie wieder daran zurückzudenken. Was ich fühlte, war die alberne nackte Angst, nochmals und wiederum in den Brunnen zu fallen, der Liebe oder Verliebtheit hieß und möglicherweise so tief war, dass man nie wieder herausklettern konnte, wenn man nicht Seile und Stricke herabgeworfen bekam, an denen man sich anklammern und hochziehen konnte – vorausgesetzt, dass man nicht vorher im Brunnen erfroren war.

Alles das überdachte ich, und dann brachte ich ein tollkühnes Etwas von Heiterkeit und Gelächter zusammen und sagte, dass ich den Scherz zu würdigen wisse und für Scherze viel übrig hätte, aber glücklicherweise nicht so betrunken wäre, einen wirklich guten Scherz nicht zu begreifen.

Ich sagte dreimal »Scherz«! Blamabel, aber nicht mehr zu ändern.

Paul nickte nur, und ich spürte den Hauch von Ernüchterung und Vernunft, der wie kalte Zugluft über uns wegzog, und dann sagte er »Gute Nacht« oder dergleichen und tappte hinüber in sein Zimmer »um die Ecke«.

Ich aber setzte mich auf den nächsten Stuhl und grämte mich. Meine Brunnenangst war schuld, dass ich ihn vertrieben hatte, aber warum hatte ich ihn auf so törichte Weise vertrieben ... Ich hätte etwas Witzig-Kaltblütiges oder Witzig-Warmblütiges sagen sollen, aber ich hatte versagt, auf allen Linien, albern versagt, als hätte ich alle Schulen des Lebens umsonst besucht und nicht ein Gran Vernunft daraus gewonnen.

Ich durfte nicht länger lautlos im Sessel sitzen, da er drüben die Lautlosigkeit hören konnte. Aber drüben war es ebenso still wie hier. Weshalb? Kochte der Ärger in ihm, die Enttäuschung – über mich, die alles verdorben hatte, die nicht fähig gewesen war, den Abend mit einer netten, klug überlegten Wendung abzuschließen …

Jedenfalls musste ich es sein, die die tödliche Stille unterbrach. Ich schleppte mich zum Wasserhahn und drehte ihn auf, und während das Wasser unermüdlich plätscherte, legte ich mich auf das Bett, den Kopf nach unten, und dachte darüber nach, wie schwer es war, erwachsen zu sein. Man konnte sich dümmer benehmen als Bohnenstroh, wenn man ein glattes Gesicht mit strahlend jungen Augen besaß und gefeit war gegen die unerbittlichen Forderungen des »reifen« Daseins. Kein Mensch begriff, wie schwer es war, älter zu sein als die eigene Jugend, die innen verborgen immer da war und jung blieb, jung, töricht, zärtlich und sentimental, während man außen die Pflicht hatte, gewitzt und erfahren-wendig zu sein, klug, überlegen, der Falten würdig, die man mit Haltung zu tragen hatte, obwohl man nicht schuld daran war, dass man sie trug.

AM nächsten Morgen, wie es vorauszusehen gewesen war, standen sämtliche Thermometer unter null. Paul hatte schlecht geschlafen, da ihn die Verarbeitung des Lehms, des Kalks und der Holzlatten in Atem gehalten hatte. Klopfen, Hämmern, Ho's und Jo's hatten seinen Schlummer »erfolgreich beschossen«, wie er sich ausdrückte. Also war er vor Tau und Tag aufgestanden und hatte den Wagen aus der Garage geholt. Darum saß er gähnend und verärgert beim Frühstück.

Ich war gleichfalls nicht besser gelaunt. Mein Schlaf war durchlöchert gewesen, von albernen Träumen geplagt. Außerdem dachte ich an die Grenze, an der ich zu schmuggeln hatte. Und da zwei Sorgen nicht ausreichten, fühlte ich überdies, dass mir das Abendessen oder sonst etwas nicht gut, nicht sehr gut bekommen war. Die Leitungsdrähte unter der Bauchdecke schienen in Unordnung geraten zu sein. Ich hatte kürzlich gehört, dass diese Drähte mehr als zwölf Meter lang sein sollten, also war irgendein Punkt innerhalb dieser Meter gestört oder beunruhigt und beunruhigte auch mich. Dann stiegen wir in den Wagen, und ich begriff, dass ich die falschen Schuhe anhatte. Denn es hatte zu tauen begonnen, der gestrige Schnee floss in Rinnsalen an der Straße entlang. Aber die festen Schuhe lagen im Koffer und der Koffer im Kofferraum. Ich brachte den Mut nicht auf, die Schwierigkeiten des Schuhwechselns heraufzubeschwören, und so saß ich mit dünnen Sohlen im Wagen und wusste, dass ich die nassen Füße bekommen würde, vor denen die Ärzte mich gewarnt hatten.

Dann packte mich plötzlich die Angst vor dem näher kommenden Zollhaus. Ich sah mich vom scharfen Blick des Zöllners getroffen, ich sah, dass er nach meiner Handtasche griff – denn im letzten Augenblick hatte ich die Geldscheine nicht in die Haarbürste gebracht, sondern nur einfach in die Handtasche geschoben, und wenn der Mann auf Handtaschen trainiert war, dann entdeckte er sie auf den ersten Blick. Ich sah mich abgeführt, untersucht, entkleidet, verhaftet, während Paul weiterfuhr und sicherlich die Bekanntschaft einer Dame machte, einer reizenden Dame mit der entzückendsten Nase der Welt.

Beim österreichischen Zollhaus ging alles glatt vorüber. Aber ich wollte nicht aufatmen, ehe wir das zweite, das italienische, Zollhaus passiert hatten.

Kurz vor dem Zollhaus meldeten die Leitungsdrähte, dass sie empfindlich gestört seien, sie meldeten es eindringlich und unerbittlich.

Ein Zöllner stand vor der Tür, an ein Fahrrad gelehnt, das er besteigen wollte, und im Augenblick, als Paul im Zollhaus verschwand, fragte ich ihn, den Zöllner, eilig, wo die Toilette sei. Daraufhin, als hätte ich ihn um Kaisers Palast gefragt, strahlte er freudig auf, winkte mit königlichen Gebärden und ging mir voran auf das gegenüberliegende Haus zu. Dort überreichte er mir den Schlüssel und öffnete noch die Tür. Mehr konnte er nicht für mich tun, im Augenblick. Aber seinem stolzen Ausdruck entnahm ich, dass er gewissermaßen ein internationales Klosett-Lächeln lächelte, als sei er stolz darauf, dass sein Heimatland nicht hinter anderen Heimatländern zurückstand.

Ich sah noch, dass er sein Fahrrad bestieg und entschwand. Dann schloss ich eilig das Fenster, das so großzügig offen gestanden hatte, mit weitem Fernblick, hinaus und herein, in diesem unschuldig offenherzigen Land.

Als ich zurückkam, sah ich von Weitem schon, dass das Zollhaus auf dem Kopf stand. Oder eigentlich die Menschenansammlung vor dem Zollhaus. Inmitten von Zöllnern, die laut und heftig sprachen, stand Paul, blass und lang wie ein Opferpriester, der religiöse Riten vollzog, er drehte sich hin und her und im Kreis herum, deutete dahin und dorthin, schüttelte heftig den Kopf, deutete wieder und schüttelte wieder, mit bleichem Gesicht und fanatischen Augen.

Er beschwor, er wisse nicht, wo die Signora hingekommen sei. Er sprach ausgezeichnet Italienisch, aber gegen den Schwall von prasselnden Stimmen ringsum kam er nicht an. Darum deutete er.

Plötzlich verstummten alle, denn nun hatten sie mich erblickt, die Frau, die im Wagen gesessen hatte und dann verschwunden war. Und allen voran stürmte Paul auf mich zu.

Wo ich gewesen wäre und ob ich verrückt geworden wäre, schrie er, und das war das Mildeste, was er schrie, denn sie hätten schon angefangen, ihn und den Wagen zu untersuchen, weil ich verschwunden gewesen sei!

Auch die Zöllner fragten mit blitzenden Augen, wo ich gewesen sei. »Auf der Toilette«, sagte ich schlicht, und angesichts dieses Freimuts, dieser Offenheit konnte man sehen, wie einzig nur Menschlichkeit völkerverbindend zu wirken vermag! Denn augenblicklich veränderte sich das Bild: Sämtliche Zöllner lächelten ehrerbietig, verbindlich, herzlich und zutraulich, sie führten mich wie einen Ehrengast in das Zollhaus hinein und wieder heraus, ich war so etwas wie ein Schatz geworden, eine liebe gute Ausländerin, die genau wie sie selber auf Toiletten ging, und sie wehrten es geradezu entrüstet ab, mich nach Devisen zu fragen, *ma no prego* – sie rissen den Wagenschlag auf und verstauten die Ausländerin, die so grenzenlos menschlich gewesen war und winkten uns lange nach, mit breitem Lächeln und sonnigen Augen.

Einzig Paul war keineswegs sonnig. Im Grunde konnte er mir die Menschlichkeit nicht geradezu vorwerfen, aber musste es in dem Augenblick sein, als er die Pässe vorwies und dachte, dass ich hinter ihm stünde? Als die Beamten sahen, dass »die Frau« nicht hinter ihm stand, hatten sie ihn verdächtigt! Ihn! Der nie im Leben schmuggelte!

»Nein«, sagte ich, »du schmuggelst nicht, du lässt *mich* schmuggeln, und dann ärgerst du dich noch … Übrigens ist doch alles gut vorübergegangen!«

»Gut! Sie haben mich verdächtigt und beinahe ausgezogen!«

Ich gab es auf.

»Das nächste Mal«, sagte ich bitter, »schmuggelst du eben selbst!«

»Nein. Aber ich lade mir Leute ein, die nicht nervös sind und vor Zollhäusern Angst bekommen.«

Jetzt schwieg ich. Ich war gekränkt und schwieg. Ich war wie ein Ehrengast behandelt worden; ich konnte Schmugglern empfehlen, die reine Menschlichkeit anzurufen, und kein Zöllner würde auch nur daran denken, nach Devisen zu fragen. Es waren menschliche Zöllner, reizende Zöllner, und nur Paul war weder menschlich noch reizend.

Sein Gesicht, als er weiterfuhr, zeigte, wie missliebig ich ihm geworden war. Er hatte die Eisaugen eines Bergsees, der von kalten Böen überfegt wird.

Endlich sagte ich: »Ich habe nun einmal diese leidigen Beschwerden. Aber du hast recht: Ich hätte dir schreiben müssen, dass ich zu alt und zu krank bin, um mit dir zu fahren.«

Paul antwortete nicht gleich. Dann sagte er langsam: »Du bist nicht zu alt, aber du bist krank, weil du dich mit dem ewigen Rauchen krank machst!«

»Rauchen«, sagte ich und bemitleidete mich sofort, sodass mir die Tränen nahe waren, »rauchen ist eine der wenigen, beinahe die einzige Freude, die ich habe!«

Wir schwiegen wieder. Ich war gekränkt und verärgert und hätte gern eine Zigarette geraucht. Ich lechzte danach. Aber im offenen Wagen zu Rauchen war sinnlos. Der Wind trug Funken und Asche weg, es war nicht der geringste Genuss dabei, und darum ließ ich es sein.

Inzwischen hatte sich die Landschaft verändert. Wir waren in den Vorgarten des Paradieses gelangt, in das von Bergen umstandene Tal der Eisack; wir schwebten gleichsam zwischen dem hohen Atem der Berge und dem zärtlichen Hauch des Südens, und niemanden konnte entgehen, dass die Luft sich geändert hatte; sie war weich, mild, sanft und gütig geworden, und die Wiesen standen im hellsten Grün, mit farbigen Büscheln da und dort und dicken Butterblumen an den Bachrändern. Die Weiden mit ihren Blättern und Kätzchen hingen wie sanfte Vorhänge über die Bäche herab.

Wir fuhren durch Sterzing, und das Trübsal in mir hellte sich ein wenig auf, weil ich die lange Straße mit den Ur-Häusern und Ur-Urhäusern wiedersah. Die Erker stützten sich auf Bogensäulen, als lehnten sie die Köpfe auf Ellbogen, und die Fenster sahen klar und klug darüber weg.

Dann fuhren wir neuerlich durch paradiesische Vorgärten, zwischen hellstem und dunklerem Grün, weißen und rosa Blüten. Ich war noch in Gedanken in Sterzing und sah die Gewesenen, Langvergangenen mit schwarzen Kniehosen und prallen, verzierten Leibröcken gemächlich über das Pflaster gehen, ich sah sie rauchend und trinkend im Erker … Ich kannte sie. Denn so erging es mir, dass ich schon oftmals gelebt hatte und darum die Menschen von eh und je in ihren Gewohnheiten, ihren Kleidern und Sitten und Meinungen kannte. In frühester Zeit hatte ich nicht gelebt, oder das Leben wieder vergessen, aber vor etlichen hundert Jahren musste ich öfters dagewesen sein, da ich Häuser, Räume, Möbel, Geräte, Kleider und Bauten wiedererkannte, und sie erkannten mich und gaben sich offen und zutraulich und erzählten mir alles.

Als ich gerade darüber nachdachte, hörte ich Pauls Stimme. Er sagte: »Mit mir zusammen zu sein, ist keine Freude für dich?«

Ich verstand den Zusammenhang nicht gleich. Darum fügte er hinzu, dass ich das Rauchen als einzige Freude bezeichnet hatte, die mir vergönnt sei.

»Ja so«, sagte ich. Aber als ich den Zusammenhang hatte, teilte ich ihm schnell mit, dass das Zusammensein mit ihm die große

Freude sei, während die kleinen Freuden darum herumtanzen müssten. Das Rauchen sei erprobterweise die beste Tänzerin. Sie mache alles noch schöner, sie hebe die Lichtpunkte noch lichter hervor und wirke tröstend, wenn dunklere Punkte sich einschlichen. Ich redete so lange, bis Paul mit sanfter und dunkler Stimme sagte: »Nun zünde dir eine an!«

»Denn –«, setzte er hinzu, »ich muss es vermerken und anerkennen, dass du seit Stunden enthaltsam gewesen bist in hohem Maße ...«

Enthaltsam! Ich hatte nur darum nicht geraucht, weil das Rauchen im offenen Wagen kein Rauchen war. Sollte ich das nun sagen oder nicht sagen? Wenn ich es sagte, würde das Lob der Enthaltsamkeit wegfallen!

»Ich werde rauchen«, sagte ich, und nahm die Kurve um die Wahrheit herum, »aber erst dann, wenn du zufällig ein bisschen anhältst. Denn das Rauchen im ruhigen Wagen ist schöner als das Rauchen in voller Fahrt.«

»Ach, darum die Enthaltsamkeit«, sagte er, »aber es ist nett, dass du so ehrlich bist und es eingestehst.«

Damit bremste er ab und blieb gerade dort stehen, wo der Blick aus dem engen Tal in die Weite glitt, in den lieblichen Vordergrund, dessen Mitte und Hintergrund zu Kuppen und Gipfeln anstiegen – alle Farben, die es gab, hatten eine Art festliche Aufführung veranstaltet. Hinter den Äckern standen die dunklen Rebstöcke auf grauweißen Steinterrassen, dahinter der hellgrüne, dann der finstergrüne Wald und wieder darüber die bläulich grauen Steinwände, die in den tiefblauen Himmel einschnitten – und über dem allen lagen Sonnenlichter und samtene Schatten.

Wir rechneten uns aus, dass wir in einer Stunde in. Bozen sein würden und dass die Zeit langte, um die Bank, die Paul brauchte, und den Rechtsanwalt, den ich brauchte, zu erreichen, bevor sie die Tore schlossen.

»Was ist es mit diesem Rechtsanwalt, den du Tonio nennst?«, fragte Paul plötzlich, und ich antwortete ein wenig zögernd, dass der Rechtsanwalt Tonio derzeit nur ein Rechtsanwalt sei, aber früher einmal sei er in meinem Traumkoffer etwas mehr gewesen.

Vor mindestens zehn, nein, fünfzehn Jahren. Es ist nicht mehr wahr.

Aber damals fandest du ihn nett?

Sehr. Ich war zur Erholung da gewesen, und es beeindruckte mich, dass er seine Braut umgehend gleichfalls zur Erholung weggeschickt hatte, denn die Braut hätte er ja künftig lebenslänglich, und außerdem sei sie einsichtig und vernünftig, sonst wäre sie nicht seine Braut. Zudem hatte er gut, mehr als gut ausgesehen. Dies wäre ja auch die Ursache gewesen, weshalb er mich nett gefunden hatte.

Paul fragte, wieso?

Weil ich, antwortete ich, je besser ein Mann aussah, desto bessere Chancen hatte, von Anfang an, ihm zu gefallen!

Ich sollte deutlicher erklären, was ich damit meinte. Ich erklärte es: Ein dürftiger, unschöner, ein von der Natur benachteiligter Mann hat den Ehrgeiz, sich mit hübschen oder schönen Frauen zu schmücken. Er meint, dass er zur Geltung kommt, wenn man sieht, dass er imstande ist, ein weibliches Prunkstück zu bezaubern. Schöne Männer haben diesen Ehrgeiz nicht nötig; sie wissen, dass sie gut aussehen; sie können es sich leisten, eine Frau nach ihrem Geschmack zu wählen (da sie alle haben können und zu viele schon gehabt haben); sie wählen zumeist eine heitere, lebhafte Frau, mit der sie nicht *nur*, sondern *auch* reden können, lachen, auch ernsthaft sein. Ich war weder schön gewesen noch hatte ich geradezu verboten ausgesehen; aber die meisten Erfolge hatte ich, wie gesagt, bei den schönsten Exemplaren gehabt, aus den erwähnten Gründen.

Paul sah ein wenig nachdenklich drein. Er überschlug anscheinend im Geist die Exemplare, die er seinerseits »gewählt« hatte und schien nachzugrübeln, ob er zu den Ehrgeizigen gehörte oder nicht. »Irgendwo hast du recht«, sagte er plötzlich, »ich erinnere mich, dass ich nicht die besten Erinnerungen an schöne Frauen habe, an klassisch schöne – aber an aparte Frauen.«

»Eben«, sagte ich kühn

»Hältst du dich für apart?«, fragte er mit seinem unverschämtesten Grinsen.

Und wollte ich nicht am Wegrand verenden, so musste ich den Mut aufbringen und diese Frage bestätigen. Ja, sagte ich gemütsruhig und zündete mir (im Fahren) eine Zigarette an.

Paul schwieg. Ich weiß nicht, ob er mir recht gab oder nicht, aber die Kaltblütigkeit meiner Antwort hatte ihm anscheinend Achtung eingeflößt. »Herrn Tonio also hast du geliebt?«, fragte er nach einer Weile; und ich sagte, dass ich dies getan hätte, wenn auch kurzfristig. Ich wusste ja, dass er verlobt war, und alles war von Anfang an auf Kurzfristigkeit und Unverbindlichkeit angelegt gewesen. Darum war es zufriedenstellend verlaufen. Ich hatte die beste Erinnerung an »Herrn Tonio«.

Jetzt, sagte ich, sei es ein bisschen schwierig für mich, ihn nach so vielen Jahren wiederzusehen. Paul sah mich rasch und fragend an. Des Aussehens wegen, erklärte ich, denn inzwischen sei ich gerade um jene Jahre älter geworden, die sich nicht verbergen ließen. Er wird enttäuscht sein.

»Vielleicht auch du!«

Wir kamen an Klausen vorbei, an der Talenge, an der Burg Klausen und an den sanften Weinlaubenhängen, die wie girlandengeschmückte Straßen aussahen. Alles was Stein war, bekam den goldroten Ton dieser Landschaft, die aus Gelb und Rot und Gold gemischt war. Und wir hatten genug zu tun, gleichzeitig zu schauen und unsere Vorhaben zu überdenken: Während ich in Tonios Kanzlei ging, um die kleine Summe zu beheben, würde Paul zur Banca d'Italia gehen, um das Vermögen zu beheben.

WARUM es gerade in Bozen läge, wollte ich wissen, und er antwortete, dass er von Rom, wo er zuletzt gearbeitet hätte, heraufgefahren sei und an der Grenze sein erspartes Geld zurückgelassen habe. Am Zollamt. Die Beamten hatten ihm einen Schein ausgehändigt und gesagt, dass das Geld drei Monate lang an der Grenze liegen würde, dann aber würde es an die Banca d'Italia nach Bozen gesandt werden, wo er es jederzeit mittels Schein beheben könne.

»Und nun wollen wir hoffen, dass das auch stimmt«, bemerkte ich.

»Warum sollte es nicht stimmen? Nach drei Monaten in Bolzano … das steht auf dem Schein!«

»Auf dem Schein. Dann wird es schon stimmen. Ich weiß nur nicht … ich habe sagen hören, dass Italien das schönste Land der Welt sei, dass ihm aber irgendetwas fehle, ich glaube, die Genauigkeit …«

»Lächerlich«, sagte Paul, »ich habe den Schein, ich habe das Geld deponiert, warum unkst du so gottserbärmlich?«

Ich versicherte eilig, dass ich nicht geunkt hätte, ich sei nur ein misstrauischer Mensch von Natur.

»Scheußlich«, sagte Paul, »durch Misstrauen verdirbt man sich nur selber das Leben!«

Damit fuhren wir in Bozen ein. Zuerst fragten wir nach der Silbergasse und fanden sie gleich. Vor dem Haus zog ich den Spiegel heraus. Ein wenig zitterten meine Hände, und Paul sah es. Er schnitt ein spöttisches Gesicht und schwieg.

Dann verschloss er den Wagen und sagte, wir würden wohl um die gleiche Zeit wieder zurück sein, denn die Banca d'Italia sei nur zwei Minuten entfernt. »Addio!«

Also stieg ich die Treppe hinauf. Im Flur, vor dem letzten Stockwerk, zog ich noch einmal den Spiegel heraus und sah lange hinein. Unter den Augen lagen zwei dünne Ringe, Jahresringe, die vor fünfzehn Jahren nicht dagewesen waren. Aber ich war nicht dick geworden, und die Schläfen, die grau gesprenkelt waren wie das Gefieder eines Perlhuhns, hatte ich überfärbt.

In Gottes Namen, dachte ich ergeben, und klingelte an der Tür. Ein Fräulein öffnete, eine gleichfalls gesprenkelte, aber nicht überfärbte Dame, klein, rundlich und freundlich, und sie sagte mir, dass der Herr Rechtsanwalt krank wäre, ja, leider, aber das Geld läge für mich bereit.

Irgendwie atmete ich auf. Einesteils war es beklagenswert, dass Tonio krank war, er tat mir leid, aber andererseits brauchte ich ihm die Jahresringe nicht zu zeigen; ich musste den Ausdruck sanfter Enttäuschung in seinen Augen nicht sehen, und außerdem war – ganz gegen meine Erwartung – das Geld tatsächlich vorhanden. Ich hatte nicht daran geglaubt, dass eine Summe, die ein Ausländer verdiente, das Sperrkonto hatte passieren können. Aber da war es nun.

Ich freute mich so über die Scheine, dass ich viel zu wenig besorgt um Tonios Gesundheit fragte. »Es scheint eine Grippe zu sein«, sagte das Fräulein und zählte das Geld: »Dreißig – fünf – vierzig …«

Ich besaß vierzigtausend Lire. Im Geiste (falls ich nur wenig rauchen würde) kaufte ich mir Schuhe. Denn nirgends auf der Welt gab es schönere Schuhe als in Italien. Zugleich bat ich das Land um Verzeihung, dass ich es der Ungenauigkeit beschuldigt hatte. Ich besaß vierzigtausend Lire.

Dann fragte ich noch anstandshalber, wie es Tonios Frau ginge, und das Fräulein antwortete, dass es ihr gut ginge. »Sie ist noch immer so hübsch!«, sagte sie, und ich schluckte das bittere Wort. Vermutlich hatte sie keine Jahresringe.

Das Bittere saß in meinem Magen und machte es sich bequem. Noch immer so hübsch, konnte kein Mensch von mir sagen.

Ich ging die Treppe hinunter, und die Lire in meiner Tasche waren ein kleiner Trost. Dann fiel mir ein, dass ich zu einer Fahrt nach Italien eingeladen war, trotzdem ich nicht noch immer und überhaupt nicht schön war. Und mein Selbstbewusstsein richtete sich auf wie ein Halm nach dem Sturzregen. Sicherlich gab es wenige Frauen in meinem Alter, die eingeladen wurden, höchstens luden sie selber ein. Das hatte ich also nicht nötig. Mein Halm stand noch höher. Es war kein trostloses Exemplar, das mich eingeladen hatte, kein Trostgreis mit zitternden Kinnladen, sondern einer der bestaussehenden –.

Wo war der Bestaussehende? Ich sah ihn nirgends. Aber er konnte ja nicht lange ausbleiben, da die Bank nur zwei Minuten entfernt war. Schade, dass ich mich nicht in den Wagen setzen konnte. Ich musste danebenstehen und jeden Augenblick Auskunft geben. Denn die Bevölkerung war sportfreudig und autofreudig, und der Wagen fiel jedermann auf.

Ein ältlicher Herr blieb neben mir stehen und erkundigte sich, wie viel er gekostet hätte. Ich sagte, ich wisse es nicht und ging langsam hin und her. Aber der ältere Herr hatte lange in Deutschland gelebt und konnte die Gelegenheit nicht verpassen, mit mir zu plaudern. Er erzählte seine ganze Geschichte. Es kamen viel Pech und die teuflischsten Zufälle darin vor, sodass ich ständig »ach nein« und »wie traurig« sagen musste, obwohl ich fror. Ich fror mitten im südlichen Bozen, weil mein Mantel im Wagen lag und die Sonne verschwunden war, aus der schmalen Gasse. Dann fing ich mich zu ängstigen an. Wo blieb Paul?

Ich unterbrach den älteren Herrn mitten in einer Schraubenmutterspekulation, die ihm missglückt war, und sagte, dass ich den Herrn zurückerwartete, der in die Bank gegangen sei. Aber die Bank sei seit drei Uhr geschlossen! Geschlossen?

Wenn sie seit einer halben Stunde geschlossen war, dann war Paul seit einer halben Stunde abgängig.

Ein jüngerer Mann kam und wollte wissen, wie viel der Wagen gekostet hatte. Dann kam ein Platinblonder und wollte dasselbe wissen. Sie blieben geblendet stehen und redeten angeregt. Einen Augenblick hoffte ich, dass ich es sei, die die Anziehungskraft auf sie ausübte, aber ich irrte mich. Sie gingen nun allesamt einträchtig um den Wagen herum und studierten die Form und den Bau und den Seitenspiegel und das Schaltbrett und den Lack und die Bremsen.

Zuweilen sagte ich, dass der Herr, dem der Wagen gehöre, abgängig sei. Aber nichts ist so lächerlich wie eine Frau, die erzählt, dass irgendein Mann abgängig ist. Er würde schon kommen, sagten sie, so ungefähr, wie man einem Kind sagt, dass das Brüderchen im Himmel sei. Aber wenn er nun wirklich im Himmel war? Überfahren? In ein Schaufenster gestoßen von einem Lastauto – wenn er im Krankenhaus lag? Ich stand hier seit einer, seit zwei Stunden und wartete auf den Herrn, der in die Bank gegangen war! Und die Bank war geschlossen!

Ich hielt es nicht länger aus. Ich ging auf die andere Straßenseite und rief zum Fenster hinauf, zum Fenster des lieben kleinen Fräuleins, dass der Herr, dem der Wagen gehörte und so weiter, und sie solle um Gottes willen sämtliche Krankenhäuser anrufen oder die Polizei!

Das Fräulein antwortete ebenfalls, dass er schon kommen würde, und sie hatte denselben mitleidig-gönnerhaften Ton. Ein

Mann, der es nicht eilig hatte zurückzukommen, war eben ein Mann, der es nicht eilig hatte. Offenbar dachten alle, dass der Herr Besseres zu tun hatte, als zu mir zurückzukommen!

Aber sie rief die Krankenhäuser an und zuletzt die Bank. Aber um diese Zeit, sagte sie, sei die Bank geschlossen, und um diese Zeit ginge in den Krankenhäusern kein Mensch an den Apparat. Es war fünf Uhr. Ich wusste nicht, wann in Bozen der Tag und die Arbeit begann, aber um diese Zeit jedenfalls hatte sie aufgehört. Das kleine Fräulein kam die Treppe herab und verabschiedete sich. Über der Straße lag Sonntags- und Abendstimmung. Die Interessenten rund um den Wagen hatten sich um eine Großmutter und einen Großvater vermehrt. Und um drei Halbwüchsige.

Ich starb vor Kälte, vor Hunger und Durst; ich hatte die Zigarettenpackung leer geraucht und konnte vom Wagen nicht weg.

Allmählich nahmen die Damen und Herren und Halbwüchsigen, die um den Wagen standen, mehr Interesse an mir. Eine verlassene Frau! In ihren Augen hatte eine (nicht sehr junge) Dame einen Jüngling als Fahrer und Herzensbegleiter mitgenommen, und nun war der Jüngling weg! Traurige Sache, aber von irgendeinem Standpunkt aus wohlverdient! Man nahm eben keine Jünglinge mit, oder man benahm sich so, dass der Jüngling nicht schon am Anfang der Reise genug hatte und sich verdrückte.

Ich setzte mich still und frierend auf die Stufen vor dem Hauseingang der Kanzlei. Nun war alles gleich. Paul war tot oder verletzt – oder er, der alle Welt kannte, saß gemütlich in einer Trattoria, mit einer entzückenden Frau, die er getroffen hatte.

Von Weitem kam er langsamen Ganges heran. Er ging nicht schneller, obwohl er mich sitzen sah; er keuchte zu sehr, und der Schweiß lief ihm über das Gesicht. Ich wollte ihn fragen, aber er winkte nur ab und setzte sich neben mich auf die Stufe. Verdammte – sagte er, und was und wie er verdammte, war so beängstigend, dass ich mich umsah. Wenn ein Polizist Deutsch verstand –.

In der Bank hatte das Geld nicht gelegen. Hingegen seien alle Bankleute sehr aufgeregt gewesen. Sie hatten um den Direktor geschickt, der um diese Zeit das Bankgebäude nicht ehrte durch seine Anwesenheit. Vermutlich ehrte er sein Sofa daheim. Aber nach einer Stunde kam er an. Eine weitere Stunde brauchte er, um mit der Grenze zu telefonieren. Dabei regte er sich ungemein auf. Nein, die Grenze hatte das Geld nicht abgeschickt, aber sie würde es abschicken. Sofort. Der Ausländer sollte nur noch zuerst auf die Behörde gehen und von dort aus telefonieren lassen. Also ging der Ausländer auf die Behörde. Dort waren alle sehr aufgeregt, aber es war nicht die richtige Behörde.

Außerdem war der Direktor nicht da. Aber nach einer Weile kam er. Und er selber beschrieb dem Ausländer sehr genau, wo die richtige Behörde liege, in welcher Gasse und wie man hinkäme und alles. Dabei benahm er sich wohlwollend und sehr aufgeregt.

In der Behörde, die für Ausländer die richtige Behörde war, telefonierte der Direktor, der schon nach einer halben Stunde kam und sehr aufgeregt war, neuerlich an die Grenze. Sie sollten das Geld sofort absenden, hierher, an die Banca d'Italia! Diese würde ihrerseits das Geld weitersenden nach Rom! Warum nicht direkt nach Rom? Ja, dazu müssten sie erst die Einwilligung der obersten Auslandsbehörde haben, aber wenn sich der Herr in den ersten Stock bemühte, so würde er beim obersten Obersten der obersten Behörde vorgelassen werden.

So ging es noch lange fort, und zuletzt ordnete der oberste Oberst an, dass das Geld nach Rom geschickt werden würde – nicht an die Banca d'Italia, sondern an eine andere Bank. Dann aber, dort aber würde der Herr das Geld sofort bekommen.

Hier hatte Paul zu schreien begonnen, er hatte ihn angeschrien und schreiend gefragt, was das hieße, wozu die Umstände, er hätte das Geld ordnungsgemäß auf der Grenze deponiert, auf dem Schein stünde, dass es hier zu beheben sei! Ordnungsgemäß!

»Si, si, aber die Behörden!«, sagte der oberste Feldherr und sah ungeheuer streng aus. Daraufhin teilte ihm Paul mit, dass er auf die Behörden – aber er hatte es nicht gesagt. Er war gerade im rechten Augenblick in trostlose Depression verfallen. Denn wer sagte ihm, dass es ihm in Rom nicht ebenso erging? Er hatte ordnungsgemäß sein Geld deponiert.

Ich sagte, dass das einzig Ordnungsgemäße das Nichtordnungsgemäße gewesen wäre. Aber damit machte ich es nicht besser.

Und ich nahm an, dass wir nun umkehren und heimfahren würden. Denn wenn wir in Rom säßen ohne Geld –.

»Hast du dein Geld bekommen?«, fragte er.

»Ja.«

»Wie viel?«

»Vierzigtausend.«

»Okay«, sagte er, »dann fahren wir los.«

»Aber mit vierzigtausend –?«

»Es reicht bis Rom«, meinte Paul, »und warum sollte ich dort mein Geld nicht bekommen? Wenn die oberste Scheibenbehörde es gesagt hat?«

Das war richtig. Warum sollte er es nicht bekommen? Ich spürte flüchtig so etwas wie ein dumpfes Ticken in der Magengrube, aber ich schaltete es ab. Es war herrlich, wieder im Wagen zu sein, ich konnte sitzen, ich konnte Kaffee trinken und eine neue Packung aufmachen, ich konnte den Mantel anziehen, und Paul war wieder da.

Wir waren nach den Schreckensstunden beide von ehrlicher

Lebensfreude erfüllt. Er wollte wissen, wie mein Wiedersehen verlaufen war, und ich erzählte, dass das Schicksal mich hatte die Klippe des Wiedersehens umschiffen lassen.

Und dann erzählte ich, wie fürchterlich es gewesen war, als verlassene Frau neben dem Wagen zu stehen. Und noch fürchterlicher, sich um ihn zu ängstigen.

»Hast du es denn?«, fragte Paul, »ich meine, ob du dich wirklich um mich geängstigt hast?«

»Ma si!«, antwortete ich, und als hätte die Landschaft auf das Stichwort gewartet, tat sich von diesem Augenblick an der wirkliche, der südliche Süden vor uns auf.

DANN erlebte ich einen Gipfelpunkt, obwohl es landkartlich nicht auf einem Gipfel lag, ich erlebte Verona.

Es war dunkel geworden, aber der Mond schien. Und es war kein gewöhnlicher Mond, es war der weißglänzende, ungestüme Vollmond Veronas. Später entdeckte ich, dass einige Scheinwerfer ihn unterstützten. Aber sie waren gewissermaßen nur Gehilfen, im Vordergrund stand der Vollmond selbst.

»Dies Spiel versetzt euch in Veronas Gassen«, zitierte Paul, und wir begriffen, dass Shakespeares blinder Genius Verona gesehen hatte, ohne es jemals gesehen zu haben, und dass das »Spiel« hier und nirgends sonst hatte spielen können.

Mein Herz wuchs und wuchs, es dehnte sich aus, und wäre die Haut mit Druckknöpfen geschlossen gewesen, sie wären, einer nach dem anderen, mit leisem Klicken aufgesprungen. Hier standen sie, die Paläste, nach denen ich mich gesehnt hatte, sie standen so ruhig und ewig da, als seien Jahrhunderte Kleinigkeiten für sie, die sie achselzuckend überlebten.

Gestern, so schien es, hatten die Männer der Guardia hinter den gitterbedeckten Fenstern zu beiden Seiten des Tors gesessen, gewürfelt, getrunken und über die Herren, denen sie dienten, ihre Meinungen ausgetauscht. Vermutlich hatten sie nebstbei Läuse geknackt, um sich ein wenig die Zeit zu vertreiben.

»Diese Bediensteten«, sagte ich, »mussten, wenn man Chronisten (und Dichtern) glauben will, unsäglich reich geworden sein, da sie von ihren Herren dauernd Geldbeutel zugeworfen bekamen. Ob sie nun ›Gott mit dir‹ oder ›Der Teufel hole dich‹ sagten, jedenfalls warfen sie ihren Dienern klirrende Börsen hin. Ich habe mich oft gefragt, woher sie die vielen Börsen nahmen, es muss eine Zuwerfebörsen-Fabrik gegeben haben ...«

»Du hast keinerlei Phantasie«, meinte Paul, »die vielen Börsen wurden natürlich von liebenden Frauenhänden gestickt. Denn sie wussten ja, dass man nur leben konnte, wenn man mit Börsen um sich warf. Im Grunde haben sich die Zeiten nicht sehr geändert.«

»Ein bisschen doch«, fand ich, »schließlich können wir über die Gasse gehen, ohne dass uns ein Messer in den Rücken gestoßen wird.«

»Wer sagt das? Wir gehen über die Gasse und erfahren, dass unser Geld abgewertet wird oder dass irgendein kalter Krieg wieder kälter geworden ist. Ich weiß nicht, ob mir das Messer nicht lieber ist.«

Ich stimmte ihm bei. Ich schwärmte für sichere Zeiten. Leider hatten nur unsere Großeltern Sicherheiten erlebt. Allerdings, fügte ich hinzu, hatten sich unsere Großeltern vermutlich gelangweilt.

Keine Spur, meinte Paul, in ruhigen Zeiten würde das Kleine so wunderbar groß. Sie hatten schon ihre Emotionen. Wenn eine Tante (die mit dem unvergleichlichen Charakter) Leibschmerzen bekam, grämte sich die ganze Familie!

Ja. Aber ich hatte trotzdem etwas gegen die ruhige Vergangenheit. Nicht gegen die Ruhe, aber gegen die Herren, die man dazumal hätte heiraten müssen, Herren mit makabrer Unterwäsche und dichtem Vollbart …

»Ein Vollbart ist nicht das Schlimmste!«

»O doch. Ich hatte einen Onkel mit krawattensicherem Bart. An seinem Geburtstag, nachdem ich den Alpenveilchenstock überreicht hatte, bekam ich einen Kuss von ihm. An diesen Kuss erinnere ich mich noch heute. Es war, wie wenn man die Lippen an eine feuchte Kleiderbürste …«

»Hör auf!«, sagte Paul.

Ich hörte auf. Denn die Reihe der Palazzi, die an der Straße stand, war überwältigend. Wir mussten stumm zu den Fenstern hinaufsehen, zu den Formen der Bauten, die nicht gebaut, sondern erdacht und erdichtet waren. Schwere und Leichtigkeit hatten die Baumeister vereint und mit Händen, die von Schönheit troffen, gleichsam darübergestrichen – wie ein Bildner, der zärtlich die Finger zur letzten Feilung an die Plastik legt. Jedes Haus war eine Plastik für sich, niemand konnte sagen, worin die Pracht der Fensterreihen bestand, die Macht der Torbogen, die stolze Zärtlichkeit der Balkone. Auf jedem dieser Balkone, über das Flechtwerk des weißen Steins geleimt, konnte Julia Capulet gestanden und in den Mond hinein Romeos Namen geflüstert haben … »und für den Namen, der dein Selbst nicht ist, nimm meines ganz …«

Wir ließen den Wagen stehen und gingen in die Gassen und Gässchen hinein. Paul schob seinen Arm unter den meinen. Wir waren schon früher so gegangen, aber entweder hatte der Mond nicht geschienen, oder wir waren zu weit von Verona entfernt gewesen. Jedenfalls gingen wir anders als sonst, langsam und dicht nebeneinander in die Unwirklichkeit hinein, in den Traum. Ich lebte nicht, ich träumte, dass aus Mondgeweben dunkle

Türme, Dächer und Tore sich ablösten, hervortraten und wieder verschwanden.

Dann standen wir auf dem Friedhof inmitten der Stadt. Und nun sah ich ihn. Ich sah den Can Grande, vielmehr sein Grab, sein Denkmal, das schönste Grabmal der Welt. Hoch oben auf dem weißen, marmornen Obelisk standen Reiter und Pferd – der lachende Reiter, den Kopf mit dem Helm im Nacken, während das Pferd im weißen Mantel sich vorbog – und beide, Ross und Reiter, schienen hinüberzureiten über jegliche Dunkelheit, über Grab und Tod. Ihnen gehörte das Leben noch immer, sie bezwangen es, sie hatten es geliebt.

Wenn es Lebensfreude auf Erden gab, Dank für Gottes gutes Erdengeschenk, dann strahlte der Reiter es aus. Der Reiter, Fürst der Skaliger, dessen Denkmal ein Unbekannter geschaffen hatte. Er schlief nicht in diesen sechs Jahrhunderten, die ihn von uns trennten; er sprach zu den Lebenden; er lehrte sie, froh zu sein, der Freude ergeben, immer lebendig und niemals tot.

Ich hatte das Bild des Can Grande zu Hause auf meinem Tisch; ich sah es an, wenn dunkle, schwermütige Tage mich bedrückten; ich schaute und tastete nach seiner Lebenskraft und richtete mich daran auf. Aber ich hatte nicht gedacht, dass ich ihn jemals sehen würde. Mit eigenen Augen, in Wahrheit sehen würde und im Mondschein und im Frühling.

Und da ich als Kind schon gewusst hatte, dass man immer ein Kind bleibt, so blieb ich auch jetzt ein Kind, innerlich, und weinte vor Ergriffenheit. Die Tränen stürzten nur so aus den Augen, ich schaute hinauf, zum weißen Bild meines Traumes – denn so wie er hatte ich leben wollen, immer der Freude zugewandt, und ich hatte auch so gelebt; aber lange würde ich nicht mehr so leben können, denn in wenigen Jahren würde ich alt sein. Ein alter Mensch ist nicht mehr froh. Ich weinte noch mehr.

Paul stand neben mir, und ich glaube, er wunderte sich. Ich wollte ihm meine Ergriffenheit erklären, wollte sagen, dass jener Can Grande eine Art Leitmotiv meines Lebens gewesen wäre und dass er es eines Tages nicht mehr sein würde, aber ich konnte nichts sagen. Stattdessen suchte ich immer verwirrter nach einem Taschentuch. Ich hatte es in der Handtasche gehabt oder in der Manteltasche oder in der Rocktasche. Ich wischte unter der Nase und suchte dringender.

Da kam Pauls Hand mit einem Taschentuch, einem frischen und reinen, zu mir herüber. Ich schnäuzte mich dankbar hinein. »Es war höchste Zeit«, sagte Paul.

Dann zeigte er mir die Gräber Romeos und Julias, aber schlicht gesagt, glaubte ich nicht, dass sie wirklich hier lagen, ich nahm an, dass eine weise Nachwelt irgendwann einmal einem beliebigen Montague und einer beliebigen Capulet die Ehre erwiesen hätte, Shakespeares Traum ein wenig zu realisieren – zugunsten der Phantasiebegabten und Reisenden. Aber diesen Gedanken behielt ich für mich.

Wir trennten uns endlich vom kleinen Geviert des Friedhofs, der von Palästen umstanden war, und wanderten weiter zum Dom und zum Comunale. Im Innenhof hielt die Vergangenheit Wache und ließ keinen einzigen neuen Tag herein. Keinen Fortschritt, keine Ziele, Umwälzungen und Kriege, kein Welken und kein Vergehen. Die Fenster blickten hochmütig über Veränderungen weg. Zur Linken, ehe man noch den Hof betrat, führte die schwere Treppe zum Eingang, den die Schreiber benutzt hatten, in ihren fleckig-speckigen Kleidern mit schlechten Perücken über mageren, unterernährten Gesichtern, und ein Gitter schloss diesen Eingang ab.

Zur Rechten aber, im Hof, lief die weiße, luftige, lebenslustige Treppe zum Stockwerk hinauf, zum gewölbten Tor, zum Tor der

Großen, Reichen und Freien und Mächtigen, und sie klebte nicht an der Mauer, sie lief wie die schönste Melodie in gewundenen Tonkaskaden hinauf, sie lief und sang.

Und weil ich innerlich von Kopf bis Fuß ebenfalls sang, so tat ich das Einfältigste, was ich tun konnte, ich angelte in die Höhe hinauf nach Pauls Kopf, versicherte ihm, der misstrauisch herabsah, dass ihm nicht das Geringste geschehen würde, bog seinen Kopf wie einen Zweig herab und gab ihm auf den Nacken, zwischen Haarende und Kragen einen kleinen Kuss.

Dann ließ ich den Zweig wieder hinaufschnellen und stellte mich unbekümmert.

Wir hatten viel zu schauen. Die Skaligerburg mit den Skaligerzinnen – die kein romantischer Aufputz waren, sondern Deckzinnen, hinter denen ein Armbrustschütze stehen und zwischen der Einkerbung seinen Pfeil abschießen konnte –, das Tor, die Brücke.

Im Mondlicht an der Burg vorbei floss die Etsch, und der Mond schrieb seine Schriften darauf. Wir setzten uns auf die breite Steinmauer am Ufer, und ich rauchte. Und beide schwiegen wir.

»Ich dachte nicht, dass du auf den Einfall kommen würdest!«, sagte Paul.

Ich bezog es auf die Zigarette und versicherte, dass ich jetzt unbedingt rauchen müsste!

Ausnahmsweise meinte er nicht das Rauchen. Er meinte den Kuss, den ich nicht ihm, sondern der kleinen Mulde im Nacken gegeben hatte.

»Ja, du musst entschuldigen«, sagte ich, »es hatte sich zu viel des Unsagbaren im Gefühlsschrank angesammelt. Die weiße Treppe, die ohne Pfeiler und Stütze zum Stockwerk lief … der Hof … die Tore … Hoffentlich verwechselst du diesen Kuss nicht mit Marinas Kuss!«

Von Marinas Kuss hatte er mir erzählt. Er war vor Jahren mit ihr, die er »gut leiden mochte, aber nicht liebte«, wie er sich ausdrückte, in Rom zusammengetroffen, sie hatten ein bisschen Wein getrunken, und plötzlich, bei der Haltestelle der Straßenbahn, hatte sie ihn umarmt und geküsst. Er war darüber ziemlich verblüfft gewesen und hatte den Kuss nicht erwidert, um keine Wunschträume in ihr zu erwecken. Von da an aber hatte sie eine gekränkte Miene aufgesetzt und nicht mehr abgenommen von ihrem Gesicht, sodass schließlich die Freundschaft an dieser ewigen Schmollmiene gescheitert war. Aber er hatte gesagt, er sei nicht schuld daran gewesen, dass er sie nicht geliebt hatte!

»Warum liegt dir daran«, fragte er, »dass ich deinen und ihren Kuss nicht verwechsle?«

In solchen Augenblicken hatte er ein ironisch-sadistisches Glänzen in den Augen, das mich zur Ordnung rief und gleichsam sämtliche geschulte Flirtrekruten in mir antreten ließ, zu Deckung und Rückzug.

»Erstens«, sagte ich, »habe ich dich weder umarmt noch geküsst ...«

Er schlug sich mit der flachen Hand auf den Hals hinten und sagte, die Stelle sei jetzt noch ekelhaft heiß. Und er hätte keine Lust, mit Brandblasen herumzulaufen.

»Und zweitens habe ich keine Wunschträume dir gegenüber – nein, bei Gott. Ich habe sie nicht!«

Zuweilen, fügte ich hinzu, wunderte ich mich selbst darüber, schließlich sei er anziehend genug. Aber das Problem, wer und was Wunschträume plötzlich erwecke, sei ja noch ungelöst.

Paul zog den Autoschlüssel aus der Tasche und spielte damit. Das machte mich nervös. Der Schlüsselbund konnte in die Etsch fallen. Aber er spielte weiter damit; und da er den ironischen

Männerdünkel-Blick noch immer in den Augen hatte, sah ich ihn nicht mehr an.

Wir wollten zum Hotel fahren, die Koffer abladen und essen gehen. Auf dem Weg zum Hotel sprachen wir merkwürdigerweise über die Verschiedenheit der verschiedenen Küsse.

Wir stellten fest, dass die Schmallippigen nicht die Richtigen waren und die Volllippigen auch nicht. Dass man aber im Allgemeinen durch bloßes Ansehen kein Urteil fällen könne, da das Ergebnis immer anders ausfiele als die Kalkulation.

Ich sagte, dass ich, abgesehen vom Onkel-Vollbart-Kuss noch einen anderen Kuss nicht vergessen könne. Er sei in meine ersten Jugendjahre gefallen und habe im Zusammenhang gestanden mit einem gleichfalls Sechzehnjährigen, dessen Lippen von der Sonne und dem dauernden Schwimmen im kalten Fluss ein wenig spröd und aufgesprungen gewesen wären. Geriffelt wie Muschelschalen. Und kühl. Aber wenn ich als Preisrichter auftreten müsste, so würde ich von allen Küssen meines Lebens diesem den Preis der Unvergesslichkeit zusprechen.

»Hm«, sagte Paul. Die Vorliebe für Geriffeltes sei eine der Abwegigkeiten, die typisch sei für unterernährte Frauen.

Dann erzählte er seinerseits von einem weiblichen Lippenpaar, dem *er* den Preis der Unvergesslichkeit zuerkennen würde. Diese Lippen hatten einen Kniff gehabt –.

»Was für einen Kniff?«

»Irgendeinen. Ich bin nie dahintergekommen, weshalb diese Lippen so viel bemerkenswerter waren als alle anderen, von einer verborgenen, sanften Süße, die aus Weichheit und Wärme gemischt war und nach Honig roch – und nach frischen Semmeln.«

»Nach dem Frühstück!«

»Nein, auch um Mitternacht!«

Es ist merkwürdig, dass es keinen einzigen Mann gibt, der nicht augenblicklich ein gleiches Erlebnis erzählt, wenn man selbst eines erzählt hat.

Wir standen vor dem Hotel, und ein kleineres Heer von Hoteldienern stand um uns herum. Alle waren bereit, unsere Koffer zu nehmen und in das Haus zu tragen, und noch mehr bereit, ein Trinkgeld zu nehmen und in das Haus zu tragen.

Paul griff in die rechte Hosentasche, dann in die linke obere Rocktasche (da er einen Sportanzug mit Taschen trug), in die rechte untere Rocktasche und in die linke. Dann mit der merkwürdigen Hartnäckigkeit, die man in solchen Fällen entwickelt, fing er wieder mit der rechten Hosentasche an. Aber der Autoschlüsselbund war nicht in der rechten und nicht in der linken und nicht in den oberen und unteren Tasche.

»Du hast ihn in die Etsch fallen lassen.«

Lächerlich. Er hatte den Bund nicht fallen lassen, er hatte ihn eingesteckt. Und obwohl sein Gesicht den Ausdruck angestrengter Hoffnungslosigkeit hatte, begann er das beharrliche Taschenabsuchen von Neuem. Dann tat er das Äußerste, was ein Mann tut, wenn das Gesuchte nicht in den Taschen ist, er fuhr hinten unter den Rock und angelte in der seltsamen Hintertasche herum, die mit einem Knopf stets diebessicher verschlossen ist und in der die Vorsichtigen ihre Brieftasche diebessicher verbergen. Natürlich lag der Schlüsselbund nicht in der diebessicheren, warum hätte er dort liegen sollen?

Paul stöberte in der Brieftasche herum und sah das Heer von Hausdienern fragend an. Aber sie hatten die Schlüssel nicht, und nur einer von ihnen begriff, dass der Herr seine Schlüssel suchte. Darum trat er zum Kofferraum und drückte an der Schnalle. Er bewies hohe Geisteskräfte dadurch. Aber das nützte uns nichts. Trotzdem wandten wir uns von da an an den Geisteskräftigen, als müsse – wenn überhaupt – die Hilfe von ihm kommen. Hier täuschten wir uns, wie wir uns oft getäuscht hatten. Er zuckte die Achseln zum Zeichen, dass er ohne die Schlüssel die Koffer nicht abtragen könne, und trollte sich. Aber ein Ungeistiger, ein Schlichter, ein kleiner Mann des Volkes, der jüngste Hausdiener sagte, dass er den Schlosser holen würde. »Es ist ein Patentschloss«, sagte Paul müde. Aber der Kleine grinste über das ganze Gesicht. Offenbar wusste er, dass Patentschlösser nur so lange patent sind, als sie nicht von geschickten Patentschlossöffnern geöffnet werden.

Es gibt nichts Trübseligeres als Kofferbesitzer, die vor ungeöffneten Kofferräumen stehen. Es wird nie klar werden, warum man das Schloss, das man nicht aufmachen kann, unentwegt anstarrt, als ob es vom Anstarren aufginge. Aber man wendet die Augen nicht von ihm ab.

In dieser Trübsinnigkeit des Starrens griff ich, mit einem leisen Gefühl der Ungehörigkeit, in Pauls Tasche, die mir zunächst lag – und zog den Schlüsselbund heraus.

Paul starrte ihn an, wir starrten ihn beide an. Pauls ganzes Gesicht fragte, wie es möglich sein konnte, dass der Schlüsselbund in der Tasche gesteckt hatte, in die er wieder und wieder gegriffen hatte; und er fragte so eindringlich, dass der kluge Ausdruck seines Munds sekundenlang nicht ganz so klug wirkte wie sonst.

»Er war vorher nicht in der Tasche!«, sagte er fest, und hielt den Schlüssel starr in der hohlen Hand.

»Natürlich nicht«, sagte ich, »er ist fortgeflogen, von Dach zu Dach, um die Stadt zu sehen, und erst als er müde wurde, in die Tasche zurückgeschlüpft. Hast du noch nie erlebt, dass Brillen, Radiergummi, Bleistifte und Feuerzeuge spazieren gehen? Sie sind nicht vorhanden, obwohl du Tische, Schränke, Schubladen um und um kehrst. Mit einem Mal liegen sie am alten Platz. Zwischendurch wandern sie, fliegen fort, sie lechzen nach Luft und Freiheit, sie leben ihr Leben so gut wie wir …!«

WIR fanden eine Trattoria, die alle Trattorien, die ich jemals hatte schildern hören, übertraf. Sie lag mit offenen Türen in einer stillen Seitenstraße, hell, aber nicht zu hell, mit Ecken, Winkeln, Nischen, und Kellnern, die behänd wie Wiesel waren, fleißig wie Bienen, freundlich wie Komiteemitglieder und wohlerzogen wie Prinzen.

Bis dahin ging alles gut. Dann, plötzlich, fielen uns die Ansichtskarten ein, die man auf Reisen Freunden und Feinden schreibt, um den Neid der Nichtreisenden zu erwecken. Da sitzen sie nun in ihrem tristen Aprilwetter zu Hause, und in Gestalt einer Karte fliegt ihnen die Botschaft zu, dass andere Leute den italienischen Frühling genießen. Unsere Karten fingen auch alle so an: »Bei herrlichstem Wetter denken wir an euch –«, als ob sie das Geringste davon gehabt hätten, dass wir bei herrlichstem Wetter an sie dachten.

Nach der dritten Karte sagte Paul wie nebenbei: »Wie wäre es mit Herrn Hicks? Sollten wir nicht auch ihm …«

Ich fuhr beinahe vom Sessel auf. Also doch! »O ja«, sagte ich entzückt. Und ohne zu denken, was ich heraufbeschwören würde, fuhr ich fort: »Er wartet so dringend.«

»Worauf?«, fragte Paul, und der Ton seiner Stimme hätte mich warnen müssen.

»Auf Nachricht! Er hat mir aufgetragen zu schreiben, vielmehr zu telegrafieren, ob du bereit sein würdest …«

»Aufgetragen und bereit sein – nun«, sagte Paul mit seiner berühmten, ehernen Glockenstimme, »möchte ich aber doch wissen, was dieser Herr sich eigentlich denkt.«

Er sagte »dieser Herr« zu einem Herrn, der wie ein König inmitten seines Bankinstitutes saß und bereit war, Geld auszugeben für eine Burg, deren Romantik zweifellos sicherer war als die Einträglichkeit dieser Romantik.

»Er denkt«, sagte ich und spürte, dass meine Stimme den knarrenden Ton bekam, den Stimmen bekommen, wenn sie vom Öl des Selbstbewusstseins nicht mehr geölt sind, »er stellt sich vor, dass du – wenn du die Pläne machen willst – zur Besprechung zu ihm kommst.«

»Zu ihm?«, unterbrach mich Paul, und sah aus wie ein Potentat, dem man zumutet, in einer Friedensfrage für den Frieden zu stimmen, »seit wann fahre ich zu Besprechungen?«

»Du bist öfters in deinem Leben zu Besprechungen gefahren.«

»Wenn ich Briefe hatte! Briefe, Verträge, Vorschüsse – mit einem Wort: Sicherheiten, Anträge in korrekter Form!«

»Es ist alles so schnell gegangen«, sagte ich, »ich traf ihn zufällig, er wusste, dass ich mit dir zusammenkäme, und da er annahm, dass du einverstanden sein würdest ...«

»Einverstanden! Womit?? Ich habe weder ein Angebot noch eine schriftliche Bestätigung dieses Angebotes bekommen!«

So ging es weiter dahin. Meine Einwände prallten ab. Herr Hicks hatte einen Formfehler begangen, als er mir auftrug, die Sache in Ordnung zu bringen, aber ein Formfehler war kein Verbrechen. Wir gerieten in Streit, wir gerieten in ein Gefecht.

Ich war erbittert darüber, dass Paul aus Formfehlern Wichtigkeiten machte und von Vorschüssen sprach, noch ehe Hicks ihn, Paul, zu Gesicht bekommen hatte.

»Ich finde es nicht so wichtig«, sagte ich mit tremolierender Kummerstimme, »dass du gleich und sofort Markstücke verdienen willst, wenn es sich darum handelt, ein selten künstlerisches Projekt –.«

Paul teilte mir mit, dass künstlerische Projekte sein Traum seien, dass er aber auch nicht im Traum daran denke, zu verhungern. Außerdem sollte ich nicht dauernd alles durcheinanderwerfen. Es ginge nicht um das künstlerische Projekt, es ginge um die Frechheit des albernen Hicks, der es sich beifallen ließe, Anordnungen zu treffen, über seinen, über Pauls, Kopf hinweg, Anordnungen, die weder verbrieft noch versiegelt –.

»Aber er gibt das Geld her«, rief ich zornig, »und wer Geld in Projekte steckt, hat schließlich das Recht, Anordnungen zu treffen.«

»Ah« und »Oh« machte er und erklärte mir, dass diese Anschauung, dieses Dem-Geldgeber-Nachlaufen die Ursache allen architektonischen Unfugs sei.

Außerdem, sagte er noch, sei für den Architekten der innere Umbau wenig verlockend. Die Fronten blieben bestehen, ein Einfall sei überflüssig.

Einer gewiss, sagte ich, es seien hundert Einfälle nötig, um Treppen, Räume, Flure und Gänge so anzulegen, dass selbst der härteste Kritiker das Alte im Neuen wiederfände.

Wir stritten aneinander vorbei. Ich hatte gewollt, dass Paul nur einfach hurra oder hipp-hipp oder sonst etwas rufen sollte bei dem Gedanken, wieder mit mir zu arbeiten. Mit mir! Darum ging es mir. Aber Paul dachte nicht im Entferntesten an hipp-hipp, er dachte logisch und männlich und ereiferte sich darüber, dass ein Mann wie er eine Zusage geben sollte – ohne korrektes Angebot, ohne Vertrag und Vorschuss, kurz, eine Zusage, die jeder andere in dieser schwierigen Zeit gegeben hätte.

Und wie es zuging und wie das hohe Ross in den Streit geriet, weiß ich nicht, aber ich hatte es anscheinend gesagt. Denn Paul sah plötzlich aus wie Perseus, dem der Kopf der Medusa zuwider geworden war, er versteinerte kurzfristig, dann hieb er ihn ab.

»Schön«, sagte er, »wenn ich auf dem hohen Ross sitze und andere freudigst zugreifen würden, dann lass sie freudigst zugreifen! Drahte das Herrn Hicks! Und jetzt«, sagte er langsam, »möchte ich von diesem albernen Unsinn kein Wort mehr hören!«

Der Heimweg zum Hotel war bitter und traurig. Der Mond schien noch, aber es war ein tragischer Mond, der Mond *nach* Julias Tod, und die Fenster, die Tore und alle Balkons sahen verwaist und einsam aus.

Paul, der neben mir ging und kein Wort sprach, verlangte den hohen Vorschuss, um ein für alle Mal klarzustellen, dass ihm nichts daran lag, den Bau zu bekommen. Und also waren es andere Aufträge, die ihn beschäftigten, Wohn- oder Warenhäuser mit »neuen« Fronten – Aufträge, die mit mir in keinem Zusammenhang standen, deren innere Lieblichkeit oder Zweckmäßigkeit nicht in meinen, in fremden Händen und Köpfen lag …

Ich brauchte Geld. Ich brauchte dringend Geld, aber ich dachte jetzt nicht an das Geld. Das glühende Eisen, das in mir, zwischen Hals und Magen, steckte und sich beharrlich drehte, bestand in der Erkenntnis, dass Pauls Freundschaft nur Freundschaft war, aber nicht die Freundschaft, die ich in ihr gesehen hatte.

Freundschaften sterben, wenn das verknüpfende Band der Arbeit, die zu zweit getan wird, verloren geht. Ich wusste das, und sicherlich wusste er es auch. Aber es lag ihm nichts daran.

Hier starrte ich in die Etsch, hob im Geist das rechte Bein, um auf die Mauer zu steigen, tat im Geist das linke dazu und sprang in den Fluss. Wie wohltuend musste es sein, zu versinken, unterzugehen, auszulöschen! Befreit zu sein vom ewigen Paternosterlift des Lebens – hinauf – hinab – hinauf – hinab –.

Aber da es noch Menschen gab, die ich liebte und die mich

möglicherweise brauchten, so gab ich den Gedanken an die wohltuende Etsch auf.

Wir sprachen beide kein Wort. In jedem saß der Zorn. In der Hotelhalle langten wir nach den Schlüsseln, fuhren zum Stockwerk hinauf, und oben vor unseren Türen zuckten wir mit den Köpfen an Stelle des Gutenachtgrußes und verschwanden in unseren Zimmern.

Die Zigarette half mir nicht. Ich hatte eine Fleischmaschinennacht vor mir. Es würde mir so vorkommen, als geriete mein Herz mit jeder Stunde tiefer in die Maschine und komme klein gehackt wieder heraus. Ich dachte an morgen. Wie sollte die Reise werden, wenn wir böse und traurig im Wagen saßen, verstockt bis oben hin, und was mich betraf, verstört und behaftet mit schmerzenden und rotierenden Eisen.

Wenn ich schlafen könnte, würde ich morgen versuchen, mich frisch und lustig zu stellen und den Streit zu verwischen. Ich hatte große Übung darin, mich heiter zu stellen, Unbeschwertheit zu mimen und Kränkungen, die in mir saßen, zu verstecken. Denn ich hatte erfahren, dass ein gekränkter Mensch zur billigsten Sorte gehörte, was die Wertschätzung seiner Mitbürger betraf. Die gekränkte Tante, der gekränkte Gatte, die gekränkte Ehefrau – wer immer gekränkt einherging, gehörte zum schadhaften Inventar des Lebens.

Ich wusste das. Und darum würde ich morgen heiter sein, vorausgesetzt, dass ich schlafen konnte. Aber ich schlief nicht eine einzige Stunde lang.

AM nächsten Morgen sah ich aus wie meine Großmutter *nach* ihrem Begräbnis. Sie war mit vierundneunzig Jahren gestorben. Unter den Augen liefen schattige Gräben, Burggräben, in denen Gerümpel lag. Die Nase, vom Weinen gerötet, lehnte die Puderquaste ab. Ich konnte Puder auflegen, so viel ich wollte, sie glänzte weiter und kümmerte sich nicht um Kosmetik. Sie hatte es satt.

Als ich zum Frühstück hinunterkam, merkte ich gleich, dass ich albern aussah, weil ich zu lächeln versuchte. Es, das Lächeln, trocknete sofort ein. Paul tat, als sei alles in Ordnung, er sah an mir vorbei, frühstückte ausgiebig und erzählte, dass er schlecht geschlafen hätte, weil er das lärmendste Zimmer des Kontinents bewohnt hatte. Es sei unglaublich, was eine schadhafte Wasserleitung, ein streitendes Ehepaar und eine Messerputzmaschine in einer einzigen Nacht geleistet hatten.

Nach dieser Nachricht schwiegen wir und sahen still kauend zum Fenster hinaus.

In Norwegen starren Menschen, die kummervoll oder zornig sind, auf den Fjord hinaus, in Ungarn über die Steppe hin, in Deutschland über die Heide, in Amerika über die endlosen Kornfelder Kentuckys, aber wir hatten nichts Trübseliges, auf das wir starren konnten; wir hatten Verona in seiner Schönheit und Pracht, und nichts gab es, worauf wir den Schutt ablagern konnten. Dann saßen wir wieder im Wagen und schwiegen uns weiter aus. Ich wusste nicht, weshalb Paul schwieg. *Er* hatte Arbeit in Fülle und Geld genug, um in die Zukunft zu sehen, ohne die Augen schaudernd schließen zu müssen.

Die Landschaft um uns herum war schlicht und eben. Ich erfuhr aus einem hingeworfenen Wort, dass wir uns in der Po-Ebene befanden. Von ihr hatte ich viel reden hören, aber sie sah aus wie andere Ebenen. Nur die Bauernhäuser hatten ihre besondere Eigenart Sie glichen Villen oder Schlössern, die reiche Besitzer verlassen hatten, wunderbar anzusehen mit ihren Altanen und Freitreppen und seltsam verwahrlost, ohne Fenster, mit schiefen Türen und schadhaften Dächern.

Da Paul alles wusste, konnte er nicht endlos schweigen, meine Unwissenheit lockte ihn aus dem Schweigen heraus. Nein, die Bauernhäuser waren keine verlassenen Villen, sie waren von Anfang an schön und schönheitsfreudig erbaut, aber der italienische Bauer benutzte sein Haus nur, um zu schlafen; er lebte im Freien, wozu sollte er das Haus wohnlicher machen, wozu Fenster einsetzen und Türen reparieren. Er brauchte nur eben die Wände, um gegen den Wind geschützt zu sein, und wenn es Wände nicht waren, dann waren es höhlenartige Zelte aus Stroh und Zweigen, in denen er wohnte, das machte ihm wenig aus.

Wir sahen viele solcher Höhlen, und je mehr wir sahen, desto stärker empfanden wir das Gefühl, dass die Landschaft vor tausend und mehrtausend Jahren nicht anders ausgesehen hatte als heute. Wir kamen durch Dörfer, die keine Dörfer waren, sondern eng aneinandergepresste Behausungen, die sich in alte Mauern eingenistet hatten. Überall standen Paläste zwischen alltäglichen Häusern, aber nichts war alltäglich, überall wohnte das Mittelalter mit seinen Kirchen und Burgen. Aus Burgfenstern hing Wäsche, und auf dem Dach oder Wall liefen Kinder und Hunde und Katzen, und das Ganze war dennoch ein Dorf, von Zedern beschattet, von Zypressen umgeben, und man sah Fahrräder, die an Söllern lehnten, und Söller, auf denen Grammophone standen und lärmten …

In einem der Dörfer kam uns ein Maultierreiter entgegen – er saß wie ein König in seinem Sattel und sang laut, aber bei unserem Anblick brach er den Gesang ab und rief uns etwas zu. Paul erklärte, dass er uns »Gute Reise« gewünscht hatte.

Auf der Straße, in schneller Fahrt, fuhr ein Wagen an uns vorbei, und auch er rief uns »Gute Reise« zu. Als uns der nächste Wagen ebenfalls »Gute Reise« wünschte, wurde Paul misstrauisch und meinte, er habe im raschen Fahren den Mann nicht verstanden. Den Nächsten verstand er, da er mit beiden Armen winkte und deutete.

»An unserem Wagen ist irgendetwas nicht in Ordnung«, erklärte er, und wir hielten an. Und mit der tragischen Miene des Autofahrers starrte er das Auspuffrohr an, hinten am Wagen, das lose, sozusagen an einem Faden, herabhing.

Nun ist es so, dass ein Fahrer zuerst einmal nachdenkt, wieso, warum und wann sein Auspuffrohr locker geworden sein kann, und Paul dachte lange nach. Er entschied, dass eine Böschung, die er nicht »ernst genug« genommen hatte, den Schaden verursacht haben musste. Als er darüber klar war, dachte er weiter nach. Er konnte das Rohr nicht reparieren, aber auch mit dem kaputten Rohr nicht weiterfahren. Aber möglicherweise konnte er bis Ravenna fahren, wenn er langsam fuhr. Und so fuhren wir langsam bis Ravenna.

Unterwegs klagte er, dass der fremde Mechaniker den Wagen hart anfassen und ruinieren würde.

Er tat mir leid. Wenn er traurig aussah, glich er Giottos Hieronymus. Der geneigte schmale Kopf, die müden Augen, die schöne Hand, die zur Schläfe fuhr und dort irgendeinen ewigen Kummer wegwischte – mit dieser schmerzlichen Handbewegung wischte er nicht seinen Kummer, aber meine zornigen Anklagen fort. Es blieb nur der Schmerz über die enttäuschte Freundschaft. Aber der Zorn in mir brach gewissermaßen mitten in der Musik ab.

»Es könnte ja sein«, sagte ich, »dass in Ravenna ein ausgezeichneter Mechaniker …«

»Ausgerechnet!«, antwortete Paul. Er sagte es so bitter und traurig, dass ich ihm eine Tüte mit grün gefüllten Pralinen hinhielt. Wir wussten nie, was das Grüne war, aber wir aßen es gern.

Paul nahm eine Praline und aß sie gedankenlos und ohne

Dank. Dann kamen wir in die Vorstadtstraßen Ravennas, und sahen den Pfeil, unter dem zu lesen stand, dass in der Seitenstraße sich eine Werkstätte befand.

»Dort ist dein Arzt«, sagte Paul zum Mercedes, »ein schlechter Arzt, der dich misshandeln wird. Armer Ced!«

Damit holperte der arme Ced in die Seitenstraße hinein.

Der Mechaniker bestand aus zwei Mechanikern, Vater und Sohn, die vor fröhlicher Behändigkeit strotzten. Sie stürzten sich geradezu auf den kranken Ced, und Paul fand, dass ich in der Seitenstraße spazieren gehen sollte, die Sache würde ein wenig dauern.

Ich ging also spazieren, besah mir die Vorstadtstraße mit ihren Gärten und Blumen und begriff, dass ich mich langweilen würde. Aber ich hatte nicht mit der Gastfreundschaft und der Herzlichkeit der Bewohner gerechnet. Denn nach wenigen Schritten kam die kleine, grauhaarige Frau des Mechaniker-Vaters hinter mir hergelaufen und erklärte mir, dass ich mich in ihrem Haus ausruhen sollte, während die Männer in der Werkstätte arbeiteten. Sie sprach italienisch, und ich verstand sie nicht; aber durch die Blume meiner französischen Sprachkenntnisse verstand ich da und dort ein Wort und erriet, was sie meinte.

Sie führte mich in das Haus, in eine ebenerdige Stube, in der Kleider hingen und Bügelbretter lagen, in eine Schneiderwerkstatt also, die sie und ihre Schwiegertochter betrieben, während die Männer nebenan Macchinas reparierten.

Die Schwiegertochter war ebenso fröhlich, lebhaft und eifrig wie die anderen drei. Was für eine glückliche Familie! Die Schneiderwerkstatt hatte nur einen Tisch, zwei strohgeflochtene Stühle und eine Handnähmaschine, aber alle Wände waren mit bunten Drucken beklebt; an den Fenstern türmten sich Blumenstöcke, und auf dem Bord, zwischen Stoffen und Resten, standen die grellsten Gipsheiligen neben den grellsten Nippesfiguren, und alles zusammen sah reizend aus.

Mutter und Schwiegertochter stellten die Arbeit ein und gaben sich völlig dem unerwarteten Genuss hin, einen Gast im Haus zu haben, eine Fremde, die im Luxus-Mercedes reiste. Sie saßen mir gegenüber, strahlend und festlich, als säßen sie in einem Theater, und fragten mich aus. Und da sie so außerordentlich heiter und neugierig waren, wollte ich auch ein wenig zur Festlichkeit beitragen und holte die Proviantdose aus dem Wagen herein.

In der Dose lagen Kuchen, gute, unschädliche Kuchen, die ich mitbekommen hatte, damit mein Magen im fremden Land nicht durch chemische Kochkünste noch kränker wurde.

Ich bot die Kuchen an, und nun war es, als säßen mir zwei leibhaftige Sonnen gegenüber. Ein Abenteuer! Fremde Kuchen! Kuchen aus Österreich! Sie griffen zu, wie Kinder zugreifen, stolz, beschenkt und glücklich.

Als sie entdeckten, dass die Kuchen schmackhaft waren, fingen sie genussfreudig zu essen an. Schade, dass die Großmutter und die Tante und die Freundinnen nicht hier waren. Aber, sagten sie großmütig, sie würden ihnen von den Kuchen erzählen.

Sie waren so lebhaft geworden, als hätten die Kuchen sie berauscht.

Aus Österreich? Aber der Wagen war ein deutscher Wagen, und also hatte ich einen deutschen Mann geheiratet? Ich wollte erklären, dass ich mit dem deutschen Mann nicht verheiratet sei, aber die vielen gipsernen Heiligen warnten mich. Vielleicht hielten die netten Hausfrauen es für Sünde, mit einem Mann zu reisen, mit dem man in keiner Weise vermählt war?

Ich ließ es also dabei. »Si! Einen deutschen Mann.«

»Ein schöner Mann«, fand die Schwiegertochter, und die Mutter nickte, den Mund voll Kuchen. Wohin wir reisten? Nach Rom?

So weit? »Oh«, sagte die Schwiegertochter, und jetzt funkelte alles an ihr, natürlich, sie hatte es gleich gewusst – natürlich waren wir auf der Hochzeitsreise – *viaggio di nozze*!! Ich verstand nur »Nozze« (Nozze di Figaro!) und verneinte heftig. »No, no!«

»Si – si!«, rief die Schwiegertochter und tanzte um mich herum, so sehr freute sie sich, und da die Tochter sprang und sich freute, so sprang die Mutter auch. Anscheinend war es schön, eine Hochzeitsreisende im Haus zu haben; sie lachten wie die Kinder, klatschten in die Hände und benahmen sich, als sei ihnen etwas Außerordentliches widerfahren.

Ich fiel vor Verlegenheit in einen Schacht, aus dem ich nicht gleich wieder herauskommen konnte, nicht wegen der Hochzeitsreise, sondern des Zuckers wegen, den mein Herz gierig aß, ohne sich zu schämen. So jung siehst du aus, sagte mein Herz entzückt, dass sie dich für eine Hochzeitsreisende halten! Ich fühlte mich unmäßig geehrt, ich fühlte mich wie ein mittelgroßes Schaf, das ein zerstreuter Tierfreund für ein Lämmchen hält. Ich sah mich mit dem Brautkranz im Haar, sah Paul an meiner Seite, und obwohl mein eines Auge über das Bild lachte, rollte aus dem anderen eine kleine, verlegene Träne.

Aber da mich die gütigen, edlen Frauen für so jung hielten, dass man mir eine Hochzeitsreise zutrauen konnte, und da meine sämtlichen Minderwertigkeitskomplexe gewissermaßen auf den Knien lagen vor Dankbarkeit und Entzücken, verzichtete ich auf den gesunden Magen und lief in die Werkstätte nebenan, um den zweiten Kuchen zu holen.

Als ich ihn brachte, hielten die gütigen, edlen Frauen den Atem an. Dann rannten sie davon. Ich sah ihnen verblüfft nach. Wollten sie keinen Kuchen mehr? Hatten sie ihn nur aus Höflichkeit gegessen? Dann klärte sich das Rätsel auf.

Durch das Fenster sah ich eine kleine, stets wachsende Prozession. Frauen, junge, ältere, alte Frauen, mit und ohne Kinder, kamen auf das Haus zu. Voran schritten die Mutter und die Schwiegertochter wie Priesterinnen, ernst und gefasst. Sie traten ein, wie man zu Kindstaufen oder Hochzeiten schreitet, und dann standen sie und die Schar der Nachbarinnen ehrfürchtig um den Tisch herum.

Zuerst stellte die Mutter mich vor: »Una Signora da Vienna! Lei fa il suo viaggio di nozze! Und lädt euch zu einem Kuchen ein!« Darauf schüttelten alle die Köpfe über das wunderbare Ereignis, hoben die Augen zum Himmel, strahlten und nickten, aber der feierliche Ernst des großen Erlebnisses wich nicht aus ihren Gesichtern. Dann übernahm die Mutter die Führung der Fütterung – sie schnitt Stücke des Kuchens ab, knüllte sie mit den Fingern ein wenig zusammen, steckte sie in die freudig geöffneten Münder, und alle, die kauten und schluckten, blickten zum Himmel und schnatterten laut über die Güte des Kuchens.

Als Paul zurückkam, um mich zu holen, erstarrte er vor Staunen über die Frauenversammlung, die ich mir zugelegt hatte. Da der Kuchen schon weg war, verstand er nicht, weshalb ich so attraktiv gewirkt hatte. Und sein Staunen wurde noch größer, als alle Frauen der Reihe nach auf ihn zutraten und ihm zur Hochzeit gratulierten. Ich rief wieder: »No – no!« Aber Paul rief nicht no! no!. Er bedankte sich höflich und herzlich. Und als Mutter und Schwiegertochter mich lobten – eine feine Frau, eine gute Frau! –, legte er sanft den Arm um mich und sah mich mit Augen an, die vor Rührung und Liebe wie Butter glänzten, worauf die ganze Schar in entzücktes Klatschen ausbrach, als stünden wir auf der Bühne.

Begleitet von allen Frauen schritten wir aus der Stube und stiegen ein. Der Wagen war repariert, das Auspuffrohr trug einen geschweißten Ring um den Leib und hing nicht mehr herab. Vater und Sohn Mechaniker sahen stolz und glücklich drein, und dann mussten wir noch alle Hände drücken und für die Blumen danken, die ich plötzlich in den Armen hielt, und dann fuhren wir, begleitet von Zurufen und Wünschen, aus der Straße heraus.

»Nette Leute«, sagte Paul, und ich stimmte ihm bei. Dann erklärte ich, dass ich an der vermeintlichen Hochzeitsreise nicht schuld gewesen sei, und fragte ihn, weshalb er sie nicht ebenfalls verneint hätte.

»Weil ich ihnen die Freude verdorben hätte, die Freude am Nicht-Alltäglichen. Denn ein Hochzeitspaar ist aufregender als ein gewöhnliches Paar, festlicher, dramatischer, theatralischer. Sie haben so viel Freude an Dramatik. Jetzt können sie überall erzählen, dass sie ein Hochzeitspaar mit Blumen beschenkt haben – und außerdem beten sie für uns. Jedenfalls hat es die Alte versprochen!«

Ich dachte still an den Kuchen. Aber schließlich war es gleich, aus welchen Gründen für uns gebetet wurde, wenn nur gebetet wurde; ich jedenfalls konnte Gebete brauchen.

Dann überlegte ich, wie gut es Paul verstand, immer das Richtige zu tun. Sicherlich wären die Frauen enttäuscht gewesen, wenn der Mann der Signora barsch verkündet hätte, dass er sich bestens für Hochzeiten und Signoras bedanke.

Um mich ein wenig zu revanchieren, erzählte ich, dass sie ihn einen schönen Mann genannt hätten! »Und dich eine schöne Frau«, sagte er und lachte. »Das gehörte dazu. Wenn schon ein Hochzeitspaar, dann musste es ein prächtiges Paar sein. Was allenfalls fehlte, malte die Phantasie dazu. Denn sie sind allesamt Maler und Dichter. Im Übrigen«, fügte er hinzu, »habe ich vorhin vergessen, dir für das Grüne zu danken. Hast du noch mehr davon?«

Ich hatte noch mehr.

»Du bist eine gute, schöne Gattin«, sagte er.

DIE Streitwolke hatte sich ein wenig gelichtet, aber sie stand noch über unseren Köpfen. Als ich fragte, ob Ravennas Vorstädte so groß seien, dass wir noch immer nicht dort wären, lachte er und sagte, wir hätten Ravenna umfahren und seien seit Langem darüber hinaus. Ravenna umfahren? Wollten wir nicht Theoderichs Grab sehen und die Basiliken und –.

Nein. Erstens hatten wir durch das Auspuffrohr Zeit verloren, und zweitens dachte er nicht daran, Gräber aufzusuchen, die an barbarische Überfälle erinnerten.

Im nächsten Augenblick waren wir wieder im besten Streit. Ich sagte, dass andere Völker immer entschuldigt würden, wenn sie Länder überfielen, dass aber einzig die Barbaren nie entschuldigt würden. Sie hatten die plausibelsten Gründe gehabt, sich nach dem Süden zu wenden.

»Gar keine Gründe! Nur das Recht der rohen Gewalt!«

»Gewalt ist immer roh! Schließlich hatten sie ebenso viel oder ebenso wenig Recht wie andere Völker, ihre Lage verbessern zu wollen.«

»Weshalb denn verbessern! Nordländer, die in den Norden –.«

»Wenn aber der Norden ihnen zuwider ist? Laut Tacitus hat es im Norden ununterbrochen geregnet.«

Paul erkundigte sich, wann ich Tacitus gelesen hätte. Ich umging die Frage, aber ich wusste, *dass* es geregnet hatte, und nichts war verständlicher, als dass Nordländer, die ohne Schirm und Galoschen dastanden, die ewige Nässe und Kälte überhatten und sich nach Wärme sehnten. Warum sollten sie im Norden husten? Warum sollten sie schlechte Weiden haben? Krankes Vieh und hungrige Kinder? Nur weil sie zufällig im Norden wohnten?

Ich fand noch vieles zur Entschuldigung der Barbaren, aber Paul hielt mir einen Vortrag, in dem die Barbaren mit Weiden,

Vieh und Kindern husten sollten, so viel sie wollten, statt Kulturvölker von höchster Weisheit und Erhabenheit zu erobern und zu stürzen.

Wenn Paul über die Barbaren sprach, fing ich ihn in aller Gemütsruhe zu hassen an. Ich konnte den Ton in der Stimme nicht leiden, die Einseitigkeit der Betrachtung, die ewige Anklage eines klugen Volkes gegen die eigenen Fehler, die vielleicht groß waren, aber auch nicht größer als andere Fehler …

Von mir aus hätte das kluge Volk sich selbst anklagen können, wenn die anderen klugen Völker sich ebenfalls selbst angeklagt hätten. Dies aber taten die anderen keineswegs. Sie verteidigten sich. Oder sie verteidigten sich noch nicht einmal, sondern fanden sich einfach großartig. Sie übersahen ihre Fehler und lobten ihre Stärken. Aber die Barbaren übersahen mit Vorliebe ihre Stärken und riefen immer wieder stürmisch nach Lupen und Brillen, um ihre Fehler noch deutlicher zu machen – und sie taten es vor allem dann, wenn sie gerade gar nicht eroberungslustig und eigentlich doch ganz nett waren. Kein Wunder, dass die anderen sie so wenig verstanden.

Und niemals erreichten sie die Sonne, die sie zur Heilung ihres Hustens brauchten.

»Im Übrigen«, sagte Paul mitten in meine Gedanken hinein, »habe ich diese Reise nicht gemacht, um dauernd mit dir zu streiten.«

»Nein«, sagte ich kleinlaut und fühlte mich plötzlich nicht wohl in meiner Haut. Er hatte mich eingeladen; er hatte mir eine Reise geschenkt; ich aber hatte das Amt der angenehmen Begleiterin nicht wohl versehen, wie es in der Bibel heißt; ich war größtenteils keineswegs angenehm gewesen.

Aber auch er nicht, dachte ich, und dann fand ich noch, dass ich kein Hanswurst sei und keine Gesellschaftsdame und dass ich nicht alles einstecken konnte, was mir gegen den Strich ging und dergleichen mehr.

Und plötzlich wuchs mir dieses ewige Getue mit den Männern zum Hals heraus. Ich hatte gedacht, dass die »Freundschaft« mich vor dem Getue bewahren würde, aber sie bewahrte mich keineswegs. Ich grinste ergeben, wenn ich grinsen sollte; ich fiel, je nach Bedarf, in Andacht, in sinniges Schauen, in tiefen Ernst, in Ver- und Bewunderung; ich kletterte unermüdlich die Leiter weiblicher Anpassungsfähigkeit auf und ab; ich erkundigte mich, ob er müde sei, hungrig, ärgerlich oder zu müde oder weniger müde oder sehr müde oder gar nicht müde. Ich griff hurtig zum Kuchenpaket, wenn er Kuchen wollte, und stürzte mich in sämtliche Autoschränke, wenn Brillen, Kappen oder Landkarten verlangt wurden. Ich hatte es satt. Mochten sämtliche Männer mit ihren ewigen Landkarten und Kappen und Kuchen im Lande des Pfeffers wohnhaft werden. Es war mehr als überflüssig, dass wir sie lebenslänglich wie Ammen wiegten und trostlose Mienen machten, wenn wir Kummerfalten auf ihnen entdeckten.

Und mit einem Mal hatte ich den dringendsten Wunsch, meinen Handkoffer zu nehmen und auszusteigen. Zu Fuß zu gehen, meilenweit, jedenfalls weg von ihm und dem Wagen, weg von den Wolken in meinem Kopf, weg von allem.

Ich zog die Landkarte heraus. Immerhin wollte ich wissen, wo ich war, wo es eine Eisenbahn gab und wie ich zurückfahren könnte.

»Du studierst die Landkarte«, sagte er mit einem Schimmer von Anerkennung (aber in diesem Augenblick pfiff ich auf sämtliche Schimmer!), »du hast gemerkt, dass wir den anderen Weg fahren?«

»Welchen anderen?«

»Um das Gebirge herum. Ich habe keine Lust, stundenlang Korkzieherkurven zu ziehen, darum fahren wir auf die Küste zu.«

»Küste … meinst du das Meer?«

Als ich es ausgesprochen hatte, lag es da. Und im selben Augenblick hatte ich vergessen, dass ich aussteigen und zurückfahren wollte. Es lag so schön und endlos da, tröstlich, geheimnisvoll und unergründlich.

Und der Atem des Wassers kam zu mir, lang vertraut und gütig. Es gab nichts Tröstlicheres als den Atem des Wassers.

Wir stiegen aus und gingen zum Strand hinunter.

Ich stand auf einem flachen Stein zwischen den kleinen Uferwellen, und aus irgendeiner Gedankenverbindung heraus wollte ich in der sanften Dämmerung anmutig von Stein zu Stein springen, aber gerade als ich die Anmut und Fraulichkeit in der passenden Mischung heraushatte, glitt mein linkes Bein vom Stein ab und ins Wasser hinein.

Ob ich es nicht herausziehen wolle, fragte Paul. Ich nickte und zog es auch wieder heraus, aber jetzt wusste ich nicht wohin damit. Denn der Stein, auf dem ich stand, war zu schmal, und es gab weit und breit keinen nächsten Stein.

Ich hätte noch nie so komisch ausgesehen wie auf einem Bein, sagte Paul. Und mit der gelangweilten Miene des Mentors, der es aufgibt, seinen läppischen Zögling zu erziehen, streckte er mir gönnerhaft die Hand entgegen.

Der Sprung, den ich machen wollte zum Ufer hin, war zu breit, aber ich machte ihn doch. Und ich kam auch ans Ufer, mit dem Erfolg, dass das nasse Bein im Trockenen stand, während das trockene nun im Nassen stand; ich hätte ebenso gut mit beiden gemütlich durchs Wasser schlendern können, dann wäre wenigstens nicht der Rock mit dem nerventötenden Krrrr-Geräusch auseinandergerissen.

Da ich wusste, dass nichts so albern aussieht wie ein Mensch, der Gerissenes krampfhaft zusammenhält, hielt ich gar nichts zusammen, sondern ließ den Rock klaffen, wie er wollte, bedankte mich bei der Vorsehung, dass ich zufällig die beste der Seidenen und nicht die verwaschenste der Wollenen anhatte, und stellte mich in jeder Weise erhaben.

»Du musst dich sofort umziehen!«, sagte er. Ich nickte gelassen und tat, als sei ich an nasse Beine und klaffende Röcke gewöhnt. Er wurde sichtlich unruhig, weil ich ruhig blieb, und kanzelte mich ab. Jetzt müsse er den Koffer herausholen und wieder würde Zeit verloren, und weshalb ich durchaus ins Wasser hätte treten müssen, obwohl genügend Ufer vorhanden sei, soviel er sähe –.

Dabei zerrte er den Koffer aus dem Kofferraum und stellte ihn genau dort an den Straßenrand, wo er steil genug war, um ihn abrutschen zu lassen.

Im nächsten Augenblick rollte der Koffer die Böschung hinunter zur tiefsten Wasserstelle und segelte davon.

Es war geradezu ein Glück, dass ich nasse Beine hatte, denn so konnte ich hinterherlaufen und in das Meer hineingehen, seelenruhig, als läge der Gipfel des Vergnügens darin, an einem kühlen Apriltag im Meerwasser zu planschen.

Paul war so sprachlos, dass er Sekunden brauchte, um gleichfalls hinunterzulaufen, aber ich schickte ihn zurück.

»Pass auf den Wagen auf«, sagte ich sanft und fischte nach meinem Koffer. Ich fror wie ein Hund, aber gleich danach fror ich nicht mehr, denn jetzt trug ich den schweren Koffer und stieg mühsam bergan.

Oben merkten wir ohne große Geisteskräfte, dass alles im Koffer nass geworden war. Und so musste ich Pauls Strümpfe und seine Schuhe und seine Hosen anziehen. Die Sachen passten mir nicht ganz, sie überragten mich. Insbesondere die Schuhe.

Als ich einstieg und die Schleppen der Hosenbeine raffte,

bekam er den Anfall, den ich sonst zu bekommen pflegte, er keuchte und stöhnte und die Tränen liefen ihm herab.

Ich wollte mitlachen, aber ich konnte nicht, weil ich zu niesen anfing. Ich nieste einmal, zweimal, unaufhörlich. Und so kam es, dass Paul mitten am Marktplatz anhielt. Ich musste mit den Schlepphosen und auf Socken, während ich die Schuhkähne in der Hand hielt, in eine Wirtsküche hinein. Paul erklärte der Wirtin, dass ich ins Wasser gefallen sei und rannte weg. Dann kam er mit einer Aspirinpackung zurück und verordnete mir zwei Tabletten, die ich mit heißem Tee nehmen sollte. Auf diese Weise, sagte er, würde der Schnupfen durch magische Kräfte gebannt sein. Und er war auch gebannt.

Innen, im Gefühlsschrank, blühte eine kleine Rose der Dankbarkeit auf, weil Paul so nett für mich sorgte. Es gab noch gute, freundlich besorgte Pauls neben den zornigen Pauls der letzten Tage, und ich konnte trotz allem nicht umhin, mich darüber zu freuen.

ABENDS kamen wir nach Perugia. Es war uns bestimmt, alle Städte nachts zu sehen, in der Mischung von Mondlicht, Laternen und Scheinwerfern, die sie noch unwirklicher machten.

Wir standen auf den Stufen des Doms, in den Anblick des Rathauses versunken, und dann vor dem Rathaus, in den Anblick des Doms versunken …

Und dann gingen wir durch schmale, vergangene Gassen hinauf und hinunter, und kamen – wie die Kinder im Märchenbuch – am Ende der Traumwanderung vor dem durchaus realen und heutigen Hotelplatz an.

Auf dem Weg schon hatte ich gemerkt, dass Pauls Miene sich eintrübte. Er sprach nicht mehr und starrte nur vor sich hin. Jetzt, im Park, vor der dunklen Mauer, glich er hoch aufragend einem schwarzen Obelisken unter nächtlichen Bäumen, passte die Stimme dem Grabmal an und verkündete, dass er das Leben satt habe bis obenhin!

Und ehe ich noch die Düsternis dieser Rede völlig begriffen hatte, faltete er die Hände über der Brust in schöner, erhabener Pose und sagte, dass nun das Letzte dahingegangen sei, woran er geglaubt hätte –.

»Was für ein Letztes?«

»Der naive Gedanke, dass irgendetwas auf dieser Welt nicht auf persönlichen Vorteil bedacht ist! Ich dachte tatsächlich, dass deine Freundschaft nicht auf Vorteile …«

»Herrgott, *ist* sie das nicht?!«

Er lachte kurz auf, blickte ins Weite, mischte den starren Blick mit finsterer Schwermut und den Ton mit tiefster Bitterkeit und antwortete: »Anscheinend nicht! Ich bin nicht der Freund für dich, sondern der Mann, der dir Vorteile verschaffen kann, durch die gemeinsame Arbeit. Wenn ich Postmeister wäre, hättest du längst auf die Freundschaft gepfiffen!« Das Letztere war wahr. Ich hätte – bei aller Sympathie für Postbeamtete – möglicherweise weniger Interesse für einen Postmeister gehabt, da ich Briefmarken nicht sammelte …

»Das mit dem Postbeamten stimmt«, sagte ich, »weil ich nicht glaube, dass wir in diesem Falle gemeinsame Interessen –.«

Er unterbrach mich mit einer großen, abschließenden Handbewegung. Die Bitternis in Miene und Tonfall verstärkte sich, und mit ergreifenden Schattentönen, mit halber Stimme, sagte er dumpf in die Nacht hinein: »Wenn ich heute erfolglos bin – krank, alt –, steht nicht eine Seele zu mir …«

Er spielte großartig Theater. Die Stimme tönte mit allen Glocken; die Haltung des Kopfes, die Gesten der Hände waren klassisch schön.

Ich bewunderte ihn. Ich fand, dass er besser spielte als viele Schauspieler, die gar nicht spielten, aber gleichzeitig begriff ich, dass der Aufwand von Spiel und Stimme dazu bestimmt war, das Flussbett der Kränkung, die er *mir* zugefügt hatte mit seiner Absage, gewissermaßen auf *seine* Seite zu lenken – eine uralte Männertaktik, von der sich neunundneunzig Prozent aller Frauen verblüffen ließen.

Männer!, dachte ich. So waren sie nun einmal, sie konnten nicht anders. Sie kränkten Frauen, fühlten sich schuldbewusst, warfen den Frauen vor, dass sie sich schuldbewusst fühlten und drehten den Spieß der Kränkung um. Nicht sie hatten gekränkt, sie waren gekränkt worden!

Zwölf Stunden lang hatte Paul gebraucht, um herauszufinden, womit ich ihn gekränkt hatte.

Ich dachte nicht daran, zu widersprechen. Drei Minuten lang. Dann widersprach ich doch.

»Du weißt sehr gut, dass du Unsinn redest, dass von persönlichen Vorteilen keine Rede sein kann! Ich arbeite gern mit dir zusammen, das ist wahr, aber –.«

»Muss es die Arbeit sein« (der Ton klang nach verhaltenen Leiden, nach mühsamer Beherrschung), »muss es die Arbeit sein, die zwei Menschen verbindet?«

Da ich auch einmal Schauspielerin hatte werden wollen, fand ich mich augenblicklich zurecht. Hier galt es, den Ton zu steigern, Leidenschaft durchsickern zu lassen, und ich antwortete bebenden Mundes: »Da es die Arbeit ist! Was, ich bitte dich, bleibt, wenn die Gemeinsamkeit der Arbeit entfällt?«

Hier war ich zu weit gegangen, ich merkte es sofort. Denn in einem richtigen Bühnendialog hätte er nun sagen müssen, dass noch genug bliebe – es wäre der Anfang zu einer netten kleinen Liebeserklärung gewesen. Aber Paul erklärte nichts. Er sah stumm über die Bäume weg, die jenseits der Mauer standen, und sein Gesicht war weiß im Mondlicht.

Und plötzlich sagte er: »Ich hatte von dieser Reise ein bisschen Heiterkeit erhofft ... Lustigkeit ...«

Das klang überzeugend, und ich sank augenblicklich in mich zusammen. Genau besehen, hatte er wenig lustige Zeit im Jahr, viel Arbeit, mehr als den »Nerven« bekömmlich war.

Die scharfe Nadel des Mitleids durchfuhr mich von oben bis unten. Ich war nahe daran, nachzugeben, ihm beizustimmen, die Kränkung zu vergessen. Aber dann durchfuhr mich die zweite Nadel – die des Mitleids mit mir selbst. Ich hatte dagesessen – allein – er hatte mich nicht zur Arbeit gerufen, er hatte die Arbeit, die ich zustande gebracht hatte, mit kränkenden Worten abgetan – wie sollte ich Heiterkeit aufbringen, wenn ich bis zum Hals gewissermaßen in Tränen saß.

Damit sprach ich es auch schon aus. »Heiterkeit hätte ich genug zur Reise mitgebracht, wenn du nicht am ersten Tag alles verdorben hättest!«

Im selben Augenblick übermannte mich der Gram. Ich wusste nur, dass ich seit Jahren dazu verdammt war, zu hoffen, zu warten, um letzten Endes enttäuscht zu werden. Alles ging mir schief; ich saß in der Pechsträhne, strampelte mit Armen und Beinen, um das Pech loszuwerden, aber es klebte an mir fest.

Ich hatte geheim, aber nicht öffentlich geweint. Jetzt ging es nicht anders, ich konnte nicht immer nur stark wie Eichen sein, ich musste zusammenknicken und den Efeu, der mir mehr lag als die Eichen, die ich markierte, zu Wort kommen lassen. Der Efeu schlang sich mit beiden Armen um die Mauer, legte den Kopf darauf und schluchzte mit lang gezogenen Tönen.

Diese Töne erinnerten entfernt an Hunde, die den Mond anjaulen; ich hörte es selbst. Aber es war nicht mehr aufzuhalten;

ich versuchte es, aber es glückte mir nicht. Und darum tat ich das Einzige, was mir möglich schien, ich lief stolpernd und blind vor Tränen in die Dunkelheit hinein.

Als ich eine Weile gerannt war, merkte ich, dass mir niemand folgte. Und dann merkte ich auch, dass es Trugschlüsse sind, wenn wir glauben, mit Tränen und Schluchzen Eindruck zu machen. Machen wir ihn dennoch, so ist der Eindruck kein ehrlicher und nichts als der Wunsch, die Unannehmlichkeit des Ergusses abzukürzen.

In Wahrheit gibt es nicht einen einzigen Mann, den weibliche Tränen zum Mitgefühl anregen, es sei denn, dass er sie auf Grund eines Todesfalls oder ähnlicher ernster Fälle begreiflich findet. Andere Tränen bezeichnet er im Stillen als unangenehme, weibliche Zugabe, im Grunde als Störung und Trübung seines Ich-Zustandes, den er über alles liebt. Weint man seinetwegen, so rührt ihn dies nur in der ersten Maienblüte der jüngsten Verliebtheit. Tut er, als sei er gerührt, so ist der vorhin erwähnte Umstand daran schuld, dass er die Peinlichkeit der Szene vermindern oder abkürzen will.

In Ehe- oder Liebesfällen glaubt er den Kummer der Gattin, oder Geliebten, durch seine leibliche Umarmung augenblicklich stillen zu können. Es soll Frauen geben, die durch leibliche Umarmungen tatsächlich getröstet werden können. Ich wunderte mich stets darüber. Außerdem war diese Art Trost in unserer Freundschaft nicht vorgesehen.

Dies alles durchdachte ich, während ich an der Ecke einer dunklen Berggasse stand, nicht wissend, wohin ich geraten war, und mich sehnend nach Helle, nach der Vernunft des Hotels, nach meinem Zimmer und meinem Bett.

Ich setzte mich auf den Mauerrand des Gässchens – alle Gassen hatten Mauern, hinter denen der Berg abfiel –, und der

Tränenhund kämpfte gegen den wütenden Hund, der Paul mit scharfem Bellen mitteilen wollte, wie angeekelt ich sei über das lächerliche Theater, das er gespielt hatte, über die Kränkung, die er mit großen Gesten markierte!

Plötzlich durchfuhr es mich: Wenn er nicht gespielt hatte? Was dann? Wenn er tatsächlich der Meinung war, ich hätte die Freundschaft aus Gründen des Vorteils –.

»Wenn«, sagte ich leise, »er wirklich traurig ist und sich einbildet, von jedem selbstlosen Gefühl verlassen zu sein?«

Plötzlich saß ein Hund neben mir, ein wirklicher Hund, er kam leise wedelnd heran, sprang auf die Mauer und setzte sich neben mich. Und hinterher kam sein Herr, ein ziemlich zerlumpter Herr, dessen schwarzes Haar im Licht der Laterne glänzte. Auch er setzte sich neben mich – ohne zu sprechen –, er hob nur den Kopf, ich sah das feine, gerade Profil, das weder jung noch alt war, und die stillen Augen, die sich mir lächelnd zuwandten, als kennten sie mich seit langer Zeit.

Ich stand auf, grüßte mit einer Art Lächeln im verweinten Gesicht und ging auf gut Glück in die nächste Querstraße hinein. Durch Zufall war es die richtige Straße, die zum Platz führte und von dort zum Hotel. Den ganzen Weg über gingen Herr und Hund neben mir her. Im Grunde wäre ich gern allein gegangen, aber zwei Dinge hielten mich ab, ihn wegzuschicken: Erstens hoffte ich, dass Paul möglicherweise aus dem Fenster sehen und merken könnte, dass ich nicht *allein* zurückkam – und zweitens hatte ich eine Frage an den Himmel gerichtet. Verließ mich der stumme freundliche Mann, wenn das grelle Licht des Hotelplatzes mich »enthüllte«, dann konnte ich sicher sein, dass ich alt geworden war und keine Katze, geschweige denn einen Hund nebst Herrn hinter der Mauer hervorlocken konnte. Blieb er aber, so würde dies ein Gutpunkt auf dem Blatt meiner Eitelkeit sein …

Er blieb. Nur sein Lächeln, das stille Glänzen der freundlichen Augen schienen ein wenig zu bedauern, dass der Weg und die wortlose Freundschaft zu Ende gingen. Der Hund sprang an mir empor, und der Herr drückte mit ruhiger Gewandtheit auf den Knopf der Hotelglocke. Dann erst, als das Tor aufging, trollten sie sich. Und der Herr, der kein Herr war, sondern ein Bauer oder Arbeiter oder Tagdieb, der aber doch ein Herr war, weil er die Signora begleitet hatte, winkte mit einer schönen, unsagbar leichten und anmutigen Handbewegung zurück.

Als ich die Treppen hinaufging, hatte der Kummer, der an mir hing, ein wenig an Gewicht verloren.

Mit einem Mal *wollte* ich glauben, dass Paul sich gegrämt hatte – dieser Gram enthielt etliche gute Dinge für mich. Er bedeutete, dass er, Paul, doch Sinn für unsere Freundschaft hatte, sie möglicherweise durch Arbeitsdinge eher gestört als gefördert empfand …

Wie es so geht: Mit einem Mal schien mir die Nacht hell, jedenfalls heller als zuvor. Ich würde künftig mich weder um Pech noch um Glück kümmern, die Arbeit sein lassen, und mir mit Wahrsagen mein Geld verdienen, mit Kartenaufschlagen und Kaffeesatz.

Damit hatte ich mein Zimmer erreicht. Als ich zum Nachttisch trat, sah ich plötzlich den Zettel, der dort lag. Geschrieben mit Pauls Handschrift: *Bin einverstanden. Ohne Vorschuss. In Gottes Namen. Gute Nacht!*

Ich sank auf das Bett. Ich hatte Herzklopfen und überlegte, ob ich lachen oder weinen sollte. Dann fiel mir ein, dass ich Herrn Hicks telegrafieren musste – aber der Nachtportier erklärte verschlafen, dass das Postamt um diese Zeit geschlossen sei. Anscheinend hatten es die Perugianer mit Telegrammen nicht eilig.

Also hatte auch ich es nicht eilig und beschloss, die netten Einfälle dieser Nacht mit guten Gedanken und Rauchwolken zu feiern, und ich verteilte die Wolken: Fünfzig flogen zum Himmel, neunundvierzig zu Paul und eine zum Herrn des Hundes, der mit dem ersehnten Trost begonnen hatte.

AM nächsten Morgen hatte ich den Eindruck, chloroformiert zu sein. Eine Art Nebel umschwebte mich, in dem die Ereignisse der Nacht auf und nieder wogten. Anhand des Zettels, der tatsächlich dalag, begriff ich, dass Paul nachgegeben hatte. Weshalb? Wollte er mich versöhnen?

Als ich ihn beim Frühstück traf, wirkte er noch chloroformierter als ich. In seinen Augen stand eine Art von resignierter Milde. Sie störte mich. Ich hatte keine Nachgiebigkeit erzwingen wollen.

Also erzählte ich eiligst, dass ich den Zettel erst spät gefunden und darum Herrn Hicks vorläufig noch nicht telegrafiert hätte.

»Ich wollte doch erst noch mit dir reden«, sagte ich und wunderte mich, dass ich an dieser dicken Lüge nicht erstickte.

Paul schwieg. Dann sagte er langsam: »Das war vernünftig. Bei Tageslicht besehen weiß ich nicht recht, ob ich nicht gestern zu voreilig … das heißt … wenn dir sehr daran liegt …«

»Lassen wir es«, sagte ich kaltblütig, es war tatsächlich nicht mehr so wichtig, da ich mir vorgenommen hatte, mein Leben mit Kartenlegen zu verdienen.

Paul nickte. Und trotzdem er die angebissene Semmel im Mund hatte und einseitig durch sie geschwollen war, warf er mir einen Blick zu, der alles Freundliche enthielt, was ein Blick enthalten konnte.

Es war eine Art Waffenstillstand, den wir geschlossen hatten – vielmehr, ich hatte den Kampf aufgegeben, die Kränkung im

Schrank verschlossen, die Waffen niedergelegt. Er schien damit einverstanden.

Auch der Himmel schien einverstanden. Der Tag war so schön, dass jedes Blatt an den Bäumen, jeder Halm, jedes Hügelchen seinen eigenen gelbseidenen Rahmen hatte. Und wir fuhren gegen Rom. Irgendwann einmal würde es dasein – vor unseren Augen.

Als wir es in der Ferne liegen sahen und Paul erregt im Wagen aufstand und mir die Hügel nannte, die Berge, die kleinen Städte ringsum, erklärte ich, dass ich *jetzt* aussteigen und einen Espresso trinken *müsse*! Gestärkt wollte ich in die Ewige Stadt einziehen, durch mindestens zwei Espresso zur höchsten Aufnahmefähigkeit bereit.

Wir fanden eine Kneipe am Ende eines Dorfes, stiegen aus und saßen im Abendwind. Dann ergriff uns das Romfieber. Wir erreichten die Stadt und die Piazza del Popolo noch bei erster Dämmerung und fuhren, ohne zu halten, den berühmten Gianicolo hinauf.

Unter uns, in der Abendsonne schwach rötlich vergoldet, lag Rom.

PAUL erklärte alles: die Kuppel der Peterskirche, das Dach des Vatikans, den Palatin, die Türme der Maria Maggiore, den Bogen des Colosseums, die Bauten des Capitols, die Brücken des Tibers, die Tiberinsel, und mit einem Mal entdeckte ich die Engelsburg. Zu ihr wollte ich zuerst, denn ich »kannte« Cesare Borgia, der sich in ihren Mauern eingeschlossen hatte, und Katharina Sforza, die in denselben Mauern gefangen gesessen hatte, und viele andere noch.

Aber wir fuhren weder zur Engelsburg noch zum Forum, wir blieben auf dem Gianicolo, bis die Lichter der Stadt aufflammten und der letzte Schein des Tages erlosch. Und plötzlich standen wir Hand in Hand, ohne es zu merken …

Wir gingen zum Wagen zurück, vertraut, einträchtig, wie wir seit dem »Streit in Verona« nicht mehr gewesen waren. Dann fuhren wir zum Hotel, dem besten und teuersten, aber dem einzigen, das den berühmten Fernblick über Stadt und Landschaft besaß, sagte Paul, und ich sah noch den sieghaften Ausdruck in seinem Gesicht, mit dem er die Halle betrat.

Der Wagen stand vor dem Haus, und ich wartete, versunken in den Anblick der Straße, so versunken, dass ich aufschreckte, als Pauls Stimme erloschen neben meinem Ohr irgendetwas Trübseliges flüsterte. Das Hotel war besetzt. Sein Hotel! Dieses Hotel hatte nicht auf Herrn Berris gewartet, sondern alle Zimmer vergeben, alle!

»Hast du denn keine bestellt?«

»Nein. Ich dachte …«

Er hatte gedacht, dass er immer Zimmer bekäme, wenn er sich zeigte. Die Sache sah ziemlich dunkel aus. Rom sei überfüllt, sagte er, und wir könnten von Glück sagen, wenn wir noch Platz bekämen, im Eden vielleicht …

Ich erwartete das letzte eines letztrangigen Hotels. Aber Eden erwies sich als stolzes Haus ersten Ranges, das in einer schönen Straße lag und die halben Zimmerpreise forderte als Pauls Hotel. Und eingedenk der Tatsache, dass wir das Geld noch nicht hatten, das uns die »andere Bank« geben sollte, hatten wir gegen halbe Preise nichts einzuwenden.

»Um acht, in der Halle«, sagte Paul.

Ich ging in mein Zimmer. Ich sang vor mich hin, nicht schön, aber teilweise richtig, trug eine Firnis von Schminke und Puder auf, die so kräftig war, dass sie stellenweise wieder abgekratzt werden musste. Ich sagte mir, dass man Auswüchse des Übermuts bekämpfen müsse und dass Bäume nicht in den Himmel wachsen.

Ich tat alles, um den Aberglauben, dass eine frohe Stunde mit vielen Stunden des Kummers bezahlt werden müsste, mit Holzklopfen und Spucken abzuschwächen, aber der Aberglaube war stärker als Holz und Spucke und behielt eigensinnig recht.

Als ich um acht in die Halle kam, stand mitten unter dem Kronleuchter Marie Stangel, die sich Marcella Tenuto nannte, die einzige meiner Kolleginnen, deren Anblick auf mich wirkte, als hätte ich einen vergifteten Fisch gegessen samt Gräten, Flossen und starr blickendem Kopf.

Es war nicht eigentlich Neid, der mir Marcellas Anblick so missliebig machte, sondern die dumpfe Auflehnung gegen ein Gesetz, das es in dieser Zeit wirklich gab, das Gesetz des *Erfolgs der Albernheit*!

Kein vernünftiger Mensch konnte bestreiten, dass Marcellas Gehirn Albernheiten erzeugte, die zum Himmel dufteten. Aber gerade dieser Duft musste anziehend sein, die Verlogenheit ihrer Phantasie eine angenehme Betäubung bewirken, die ihre Auftraggeber (deren Heime sie mit gelbroten Bücherschränken schmückte, die gleichzeitig Schreibtische, Teewärmer und Abspülmaschinen sein konnten) zu schätzen wussten.

Darüber hinaus, durch das Selbstbewusstsein ihres Erfolgs, gelang es ihr, sich selbst und anderen Leuten ein Bild ihres Ichs glaubhaft zu machen, das der Wirklichkeit nicht im Entferntesten entsprach. Marcella hielt sich für schön *und* klug – und dieser Glaube an ihre Schönheit und Klugheit war so stark, dass er Berge verrücken konnte, und einige Berge, in ihrer Verrücktheit, glaubten allmählich tatsächlich daran.

Ihre Gestalt war hoch aufgeschossen, mit dünnen Armen und Beinen und einem lang gestreckten Hals, auf dem ein kleiner

Kopf saß mit einem Gesicht, dessen Züge nie deutlich wurden in ihrer dauernden Beweglichkeit. Sie lachte, plapperte, riss die Augen weit auf oder kniff sie zusammen, zeigte maßloses Erstaunen oder Entsetzen, Schwermut, Heiterkeit, Hingerissenheit, Ekel. Nie stand das Gesicht still, sodass man in Ruhe hätte feststellen können, ob dieser unklare Wirrwarr von Mund, Nase, Wangen und Augen sich nun eigentlich gut ausnahm oder nicht.

Zum Ausgleich für diese unklare Verkniffenheit besaß Marcella eine wirkliche Schönheit, ihr Haar, das blond, glatt und lang bis über die Schultern herabfiel, gekämmt oder ungekämmt, sie griff sich gern mit allen zehn Fingern in die glatten Strähnen und warf dann den Kopf zurück, dass die »Mähne flog«.

Die Kleidung, die sie bevorzugte, konnte man originell, übertrieben, merkwürdig oder aberwitzig nennen, aber sie passte zum kühnen Mutwillen eines strahlenden Backfischs – von vierzig Jahren.

An diesem Abend trug sie ein goldenes Cape über blauem Samt. Der Samt sah stellenweise gelichtet aus von benzingereinigten Flecken und stellenweise verdunkelt von Flecken, die noch ungereinigt geblieben waren. Aber die Männer, die in der Halle saßen, sahen trotzdem mit unverkennbarem Wohlwollen zu ihr hin.

Sie stand im Gespräch mit einem lässig-langen, dünnhaarigen Herrn, der mit stiller Ergebenheit zuhörte und nicht ein einziges Mal den Versuch machte, sie zu unterbrechen. Anscheinend kannte er sie und wusste, dass niemals andere Leute zu Wort kamen, wenn Marcella sprach.

Ich trat in den Schatten einer Nische. Ich wollte abwarten, was geschah. Aber das Abwarten war ein Vorwand, ich wusste ohnedies, was geschehen würde. Wenn Paul eintrat, würde Marcella auf ihn zustürzen, sie würde alle ihre (für Frauen unbegreiflichen)

Reize entfalten, ihre Wortwasserfälle in Kraft setzen, ihre Raketen, Zeitzünder und Kunststücke und – wie es auch gehen mochte, ich würde mit Paul nicht mehr allein sein.

Man konnte Kletten abschütteln, man konnte Heuschreckenschwärme umgehen, aber Marcella konnte man weder abschütteln noch umgehen.

Jetzt trat Paul aus dem Lift, kam quer durch die Halle – jetzt geschah es: Marcella blinzelte kurzfristig, riss dann die Augen auf, stieß einen Freudenschrei aus, dass die dösenden Hallengäste emporschraken, lief auf Paul zu, mit dem jauchzenden Trillern eines echten Harzers, überschüttete ihn mit Wortkaskaden, hakte sich in ihn ein –.

Ich schloss die Augen. Als ich sie wieder öffnete, standen Paul, Marcella und der Dünnhaarige unter dem Kronleuchter. Paul lächelte, er sah angeregt und erfreut aus, lachte gehorsam, vermutlich über einen Witz, der Marcella mutwillig-mädchenhaft entschlüpft war. Zwischendurch sah er sich suchend um.

Mit Knien, die unter mir wegglitten, trat ich aus meiner Nische, »entdeckte« Marcella, und im Überschwang meines Herzens lachte ich entzückt auf, küsste Marcella auf beide Wangen und tat alles, was nötig war, um zu beweisen, dass ich weder Rivalität noch Eifersucht kannte und dass es mir fernlag, erfolgreiche Kolleginnen zu beneiden.

Marcella küsste mich auch, aber mit weniger Überschwang, und dann stellte sie mir den Dünnhaarigen vor: Dr. Akel. Ebenso gut hätte er Ekel heißen können, aber er hatte das A vorgezogen.

Selbstverständlich wollten wir den Abend zusammen verbringen. In der Bucca d'arte, die gleich um die Ecke lag und ein 'tzückendes Lokal war. Wir gingen also. Voran Paul und Marcella, ich mit dem Akel hinterdrein.

Ihm gefiel es, dass er anscheinend nach Wochen zum ersten

Mal reden durfte und erzählte mir viel Interessantes, das ich mit Ahs und Ohs entgegennahm, ohne zuzuhören. Ich hatte mit meinen Gedanken zu tun. Meine Gedanken ließen ein wenig Arsen, Morphium und Veronal gleichzeitig in Marcellas Hals gleiten, sahen erfreut den brechenden Blick ihrer milchblauen Augen und begruben sie kranzspendend in den tiefsten Grüften, sicherheitshalber in den Katakomben Roms …

Dann saßen wir in der Bucca d'arte. Marcella erzählte ausführlich von ihren Erfolgen, aber zwischendurch verband sie geschickt den eigenen Lorbeerkranz mit eingeflochtenen hektischergriffenen Lobreden über Pauls Erfolge!

Jeder Mensch hört es gern, dass er von allen der Einzige ist, der imstande ist, Meisterwerke zu schaffen mit magischen Händen, genialste Offenbarungen von solchen Werten, dass man ergriffen nur einfach danken müsse, schlicht danken …

Ich hatte nie von Kunstwerken gesprochen, von Offenbarungen …

Allmählich begriff ich, dass auch Marcellas Albernheit ein Gärtchen besaß, in dem ein wenig Gras wuchs. Und nun sollte Paul das Häschen sein, das an den pfiffigen Halmen knabberte und Kleeblättchen serviert bekam, die ihm anscheinend schmeckten.

Ich trank mehr Wein als mir guttat. Aus Marcellas Augen schossen die Flirtblitze pausenlos über Paul hin. Sie erzählte so lebhaft, dass sie die Hand in jeder Sekunde zweimal auf Pauls Arm legte, mindestens –.

Ich trauerte um den ungetrübten Genuss der Bucca, die echt war, zum Unterschied von den echten italienischen Weinstuben des Auslands. Sie sah glänzend sauber aus, sie besaß den Zauber des kleinen Raums, den Zauber des hin und her flitzenden, vollbeladenen Tisches, der mit Wein, Obst und Frutti di mare bedeckt war, von flinken, fröhlichen Kellnern herangeschoben wurde und wieder davonglitt, zu anderen Tischen hin, unermüdlich …

Ich aß irgendetwas, ohne zu wissen, was ich gegessen hatte, lachte schallend, sooft ich es nötig fand und versuchte Herrn Akel aufzupulvern, der aber in stiller Betrunkenheit dasaß und nur dämlich vor sich hinglotzte.

Gerade als er am meisten glotzte, strich ihm Marcella zärtlich das Haar zurück (sie verstand es tatsächlich, den spärlichen Haarrest ohne Mühe zu finden) und flötete: »Er ist herrlich, weißt du, wissen Sie, dieser Mann ist mein Schicksal! Immer schon will ich von ihm fort, aber da ist eine rätselhafte Tangente in ihm, die mich immer wieder berührt – ein Eingehen auf die Vielfalt der Ab- und Irrwege, aus denen wir alle bestehen, auf jeden Fremdkörper-Libido, der uns belastet …«

Paul warf mir einen hilflosen Blick zu. Ich dachte, der Fremdkörper-Libido wäre selbst ihm zu viel geworden, aber er hatte noch einen weiteren Grund, mich beschwörend anzustarren.

Da wir gemeinsam von meinen Lire lebten, vorläufig, und ich sie der Einfachheit wegen bei mir trug, bedeutete sein Blick, dass es ihm peinlich sein würde, wenn *ich* die Rechnung bezahlte. Also sollte ich ihm unbemerkt meine Brieftasche zuschmuggeln.

Wenn ich es nicht tat? Wenn ich aufstand, als hätte ich es vergessen? Aber das bessere Ich siegte in mir, vorläufig. Ich legte, unter dem Tischtuch, die Brieftasche auf seine Knie.

Dann schlenderten wir zu viert durch die nächtlichen Straßen. Die Aprilnacht war eine Sommernacht, der Mond schien, und Rom wäre Rom gewesen, wenn –.

Im Augenblick, als ich nahe daran war, unter der Last meines Mantels und der noch größeren Last des Marcella-Geplauders zusammenzubrechen, schob Paul seinen Arm unter den meinen und sagte, dass wir zur Spanischen Treppe gehen würden, die er mir zeigen wolle.

Als ich ihm dankbar zulächelte, schien er den Grad meiner Dankbarkeit nicht zu begreifen.

Dann lag die Treppe vor mir. Und obwohl Marcella erklärte, dass sie tausend Stufen hätte und welchen Eindruck jede einzelne auf sie machte, gelang es mir, das Störgeräusch auszuschalten. Da lag »es« wieder vor mir, das Vollendete, Makellose, die aus Menschengeist geborene Erfüllung des Drängens nach Schönheit, Glanz, Licht …

Aus der Vorstellung von Engeln, die aufwärtsstiegen, musste die Treppe entstanden sein.

Man konnte nicht vor den Stufen stehen, ohne sich zu geloben, *anders* zu werden, höher, freier, befreiter, sich selbst zurückzulassen und nach einem Ich zu streben, das ein wenig Verwandtschaft zeigte mit den Ich-Verbesserungswünschen der ersten Jugend … Wie oft, an wie vielen Abenden hatte ich mir vorgenommen, am nächsten Tag besser, fein geschliffener, großmütiger, vollkommener zu sein. Möglicherweise war ich auch jetzt nicht zu alt, um morgen fein geschliffener, großmütiger zu sein.

ALS wir im Eden anlangten, kam Paul noch ein wenig zu mir herein, vielmehr, er überstieg die Wand, die seinen Balkon von meinem trennte, machte es sich auf meinem Liegestuhl bequem und genoss die Nacht. Dabei bemerkte er leutselig, dass es nett sei, Freunde zu treffen, mitten in Rom.

Akel sei ja ein wenig langweilig, aber Marcella amüsant. Die Fremdkörper-Libidos dürfe man ihr nicht übelnehmen, derlei Unsinn gehöre zu ihrer kindlichen Art, aber er, Paul, habe nichts dagegen, wenn Frauen ein wenig kindlich blieben, sie bekämen dadurch etwas Ursprüngliches, angenehm Naives.

Ich nickte. »Ihre naive Begeisterung für deine Werke –.«

Paul merkte den Stich. »So etwas nehme ich nicht ernst«, sagte er streng (und wie ernst er es nahm!), »so etwas überhöre ich einfach ...«

»Ich überhöre es nicht!«, sagte ich etwas zu hitzig. »Und wenn Akel eine Tangente ist, die sie berührt, frage ich mich, ob diese Tangente nicht möglicherweise das Einzige ist, was sich bereitfindet, sie zu berühren.«

Paul stand langsam auf, mit Eisaugen, die mich spöttisch ansahen.

Sein Blick war schuld, dass ich die Beherrschung verlor. »Sie hat Trauerringe unter den lackierten Nägeln«, sagte ich ohne jeden Feinschliff, »und der Hals über der Perlenkette ist von Seifentangenten seit Wochen nicht berührt worden.«

Paul stieß einen kleinen Pfiff aus.

»Du bist eifersüchtig«, sagte er mit einer Stimme, die kühl, fremd und gleichgültig über mich wegwehte.

»Eifersüchtig? Auf Marcella?«

Er nickte nur. »Und ich muss dir sagen, dass ich Eifersucht nicht gerade schätze. Sie macht nur klein, unbeherrscht – und verliert jedes Gefühl für Takt und Feinheit ...«

Damit ging er, aber in der Tür drehte er sich noch einmal um: »Falls du die Brieftasche behalten willst, bis ich mein eigenes Geld bekomme?«

Ich wollte sie nicht behalten, da ich einen Teil des Geldes glücklicherweise in eine zweite Börse gesteckt hatte.

Die Tür fiel hinter ihm zu.

Es schien mir, als wäre nicht eine Tür, als wären viele Türen hinter ihm zugefallen. Ich saß auf meinem Bett, verbittert, allein – noch nie war ich so allein gewesen.

Das Ziehen und Zerren in mir war tatsächlich Eifersucht. Vermischt mit der grenzenlosen Verwunderung, dass ein Mann wie Paul Marcella ertragen konnte, ohne sich krank zu ärgern, oder bestenfalls krank zu lachen über das trostlos tropfende Regenrohr ihres Verstandes.

Ich wusste, dass es nicht anständig war, so zu denken. Aber in diesem Augenblick pfiff ich auf Anständigkeit. Man konnte nicht lebenslänglich erhaben, nachsichtig, gütig und anständig sein.

Ich wusste auch, dass ich Marcella, mich, Paul und die Eifersucht nur als leichtes Wölkchen ansehen durfte, nicht als Gewitter mit Hagelschauer und Sturm. Aber dass auch das kleinste Wölkchen in einer Zeit auftauchte, die mir allein gehören sollte, machte mich ärgerlich und ungerecht.

Um es ehrlich zu sagen, es gab keine Eifersucht auf dieser Welt, die gerecht, freundlich und nachsichtig einherging. Es gab nur die Großzügigkeit lächelnder Überlegenheit, die in vielen Theaterstücken – und auch im Leben – von klugen Frauen vollendet *gespielt* und nie wirklich empfunden wurde.

Eifersucht bohrte, zerriss und entstellte den vernünftigsten Menschen, die gütigste Seele, und es kam nur darauf an, wie weit die vernünftige, gütige Seele imstande war, ihre Entstellung zu zeigen oder zu verbergen.

Als ich so weit gekommen war und herausgefunden hatte, wie »entstellend « es war, eifersüchtig zu sein, wusste ich, dass ich die lächelnde Überlegenheit, die in vielen Theaterstücken – und auch im Leben – gespielt wurde, gleichfalls spielen würde, sodass nur die Pflastersteine Roms die einzigen sein würden, die möglicherweise merkten, dass ich zackiger, störrischer auftrat als sonst.

IN Gottes Namen, sagte ich am nächsten Morgen und nahm vorläufig alles in Kauf. Aber allmählich merkte ich, dass selbst

Michelangelos Genius sich umsonst um mich bemühte. Ich stand in der berühmten Kapelle vor den berühmtesten Bildern und sah sie nicht, ich konnte mit Hamlet sagen, dass ein finsterer Geist mich umschattete.

Auch der Espresso im Freien, auf dem Gehsteig der Via Vittorio Veneto, umgeben von schwatzenden, glücklichen Südländern, erhellte mich nicht – denn nun war das eingetreten, was alle Frauen aller Sorten und Länder in Weißglutbecken verwandelt: Marcella begann, sich als Siegerin zu fühlen!

Sie hatte Paul erobert, und ihre Freude darüber war so groß, dass sie sich wie ein losgebundenes Kälbchen benahm. Sie stieß mit dem Kopf an Pauls Schulter, kuschelte sich an ihn und sah mich mit nachsichtigen Blicken an, mit gönnerhaft mitleidigen Blicken. Sie sprach sanft und süß mit mir, aber in ihren Augen stand kalter Hohn.

Ich gab den kalten Hohn umgehend zurück. Sekundenlang schien sie betroffen, dann gab sie sich wieder dem Hochgefühl ihres Triumphs hin.

Der Nachmittag schleppte sich endlos hin. Paul flirtete mit Marcella; der Flirt verjüngte beide, sie schritten federnd dahin; ich zog mit Akel, dem Ekel, hinterdrein. Marcella war jünger als ich, ich hatte vergessen, ob es ein halbes oder ein ganzes Jahr war, das sie an Jugend voraus hatte, aber an diesem Nachmittag war sie das eben erblühte Kind und Paul der Jüngling, der das Erblühen bewirkt hatte.

Da weder Akel noch ich Grund zum Blühen hatten, welkten wir innerlich, und unsere Seelen alterten mit jeder Sekunde. Wenn sich das junge Paar umdrehte, um zu fragen, ob wir noch nicht oder schon oder bald oder noch lange nicht müde sein würden, war es, als frage die Jugend besorgt nach dem Wohlergehen der *Schwiegereltern* … Das war es. Akel und ich stapften wie

Schwiegermutter und Vater hinter der fröhlichen Jugend drein.

Um sechs hörte ich Kirchenglocken. Sechs Schläge. Wir standen zu viert neben der Cestuspyramide, unter der Goethes Sohn August begraben lag. Für August hatte ich immer viel übriggehabt. Ich verstand, dass er neben ihm, der ihn gezeugt, geformt, geliebt und trotzdem gezwungen hatte, sein Schatten zu sein, nicht leben konnte.

Ich sprach mit August, ich sagte ihm, dass ich die Klugheit verstand, die ihn zum Wein, zur Derbheit, zur großen Abtrennung von Ihm getrieben hatte. Ich würde, sagte ich ihm, etwas Ähnliches tun, jetzt, sofort.

Da ich kein Mann, sondern eine Frau war, musste ich es geschickter anpacken. Ich lehnte mich an die nächste Zypresse, lächelte sanft, schloss die Augen, riss sie erschrocken auf, lächelte nochmals, bat um Entschuldigung und ließ mich dann sacht zu Boden sinken – nicht ganz zu Boden; ich zog mich eiligst an einem Zweig wieder hoch und versicherte lachend, dass von Ohnmacht keine Rede sein konnte, nur von leichter Übelkeit.

Ich mimte Tapferkeit, Heldentum, Überwindung – sah einen Schimmer von Misstrauen in Pauls Augen, der wieder verschwand, als ich energisch (wenn auch mit Mühe) ein Bein vor das andere setzte, als wäre nichts geschehen.

Ich hatte erreicht, dass Paul und Akel mich stützten, während Marcella einer Droschke winkte, einer Pferdedroschke, in die wir allesamt einstiegen, trotzdem ich erklärte, dass ich allein fahren konnte. Aber sie brachten mich zum Hotel.

»Du warst doch vorher noch ganz munter«, sagte Paul kopfschüttelnd, »du hast noch gelacht über Akels Witze, die nicht einmal gut waren.«

»Ich lache auch jetzt«, sagte ich strahlend, »mir ist wieder ganz gut, ich will mich nur vorsichtshalber hinlegen …«

»Ihr geht in die Bucca und lasst euch nicht stören«, erklärte ich, »ich bin nicht so krank, dass ich Rücksicht brauche. Übrigens könnt ihr ja später nach mir sehen.«

Paul ging zögernd, nachdem er der Cameriera geklingelt hatte. Sie sollte mich pflegen, zu Bett legen –.

Die Cameriera sah mich bedauernd an. Als Paul den Rücken wandte, blinzelte ich ihr zu. Ihr Gesicht verklärte sich augenblicklich: Sie sollte teilhaben an einer kleinen Komödie! Die Schauspielerin, die in ihr steckte, drängte ungestüm nach der Rolle, die ihr zufiel. Sie rang die Hände, drückte mit vielen Worten ihr Mitgefühl aus, zog mir das Kleid über den Kopf –.

Als Paul gegangen war, sah sie mich strahlend an. Aus Gründen, die nebensächlich waren, wollte die Signora sich krank stellen; der Mann sollte getäuscht werden, ein herrliches Spiel! Sie spielte umgehend mit, schlug die Decke zurück, zerknitterte die Kissen, knipste die Nachttischlampe an.

Ich stand vor dem Schrank und deutete: das schlichte grüne oder das schwarze Kleid?

Francesca riss das schwarze aus dem Schrank. Welche Schuhe? Sie wählte sie selber aus. Das Hemd, das Unterkleid mit dem steifgebauschten Rock …

Dann deutete sie, dass sie, falls der Herr fragen sollte, behaupten würde, die Signora schliefe schon fest. Sie zog den Schlüssel ab und sah mir mit stolzem Eifer nach, als ich die Treppe hinunterging, winkte und kicherte. Buona sera, Signora, una bella sera –.

Ich hatte wenig Hoffnung auf einen bella sera. Aber ich konnte atmen, stehen, gehen; ich war keine Schwiegermutter mehr; ich sah und hörte nichts von Marcella. Vorläufig genügte mir das.

Ich trat auf die Straße hinaus, ging an den Häusern entlang, kehrte um, langsam, als erwartete ich jemand. Leider konnte ich niemanden erwarten, da ich in dieser Stadt keine Seele kannte.

Es war schwer, meine Freizeit so zu gestalten, dass sie erträglich verlief und der Gegensatz zwischen Abenden mit und ohne Paul nicht so deutlich wurde, dass ich daran erstickte.

Ich bestand aus zwei Hälften, der befreiten, entronnenen, und der anderen, dunkel klagenden, die aus Pauls Wagen geschleudert worden war und am Boden lag.

In diesem Augenblick leuchteten grell über mir Reklamelichter auf, die Lichter der Bar des Hotels. Plötzlich wusste ich, was ich zu tun hatte: Ohne zu essen, damit der Alkohol besser wirkte, würde ich mir einige sanfte Schleier des Vergessens zulegen.

Die Bar des Hotels war der Ort, wohin ich gehörte. Ein in den Grundfesten zweifelhaftes, aber teilweise pfiffiges Zeitalter hatte den Frauen erlaubt, sich wie Männer auf Barhocker zu setzen, Schnäpse zu kippen, zu rauchen –.

Ich merkte noch, dass meine Urahne, Ahne und Mutter vom Sternenhimmel herab mich entsetzt ansahen – dann stieg ich die Treppe zur Bar hinunter, entdeckte, dass sie das beste war, was ich hatte entdecken können, freute mich über das sanfte Licht, das leise Klavierspiel, das aus der fernsten Ecke kam und ein wenig traurig klang, wie das Zirpen eines halb schlafenden Vogels in der Dämmerung.

Die ganze Bar lag um diese Zeit noch halb im Schlummer. Der Mixer löste sich langsam von seinen Rechnungsbüchern, kam freundlich heran und fragte mit halber Stimme nach meinen Wünschen. Ich wusste nur wenig Bescheid in der Welt der Cocktails, aber ich hatte gelesen, dass es Martinis gab – in allen Romanen Amerikas tranken alle Liebenden, ehe sie abwechselnd ins Badezimmer gingen, Martinis, falls sie nicht Whiskys tranken. Also bestellte ich einen Martini.

Im Hintergrund der Bar saß ein junges Paar, das die Stille des Raums zu lauten Gesprächen benützte – über den jeweils auf und ab steigenden Grad ihrer Verliebtheit. Vorgestern hatten sie sich leidenschaftlicher geliebt als gestern, aber heute liebten sie sich noch leidenschaftlicher als vorgestern. Zwischendurch küssten sie sich.

Ein wenig von mir entfernt, auf dem dritten zwischen zwei leeren Hockern, saß ein junger Mann, der möglicherweise kein junger, sondern ein jüngerer Mann war, Anfang vierzig vielleicht. Er las still in einer Zeitung, die auf der Theke vor ihm lag und schüttelte mehrmals angewidert den Kopf.

Dieser Kopf war bemerkenswert in jeder Weise. Seitlich gesehen, von vorne, in jeder Haltung und Wendung glich er dem klassisch schönen Kopf des antiken Jünglings, der als »Idol«, nach den strengsten Forderungen des Ebenmaßes in Bildern und Plastiken unzählige Male verewigt worden war.

Beim näheren Hinsehen gewann das Gesicht, weil es an Schönheit verlor. Die Augen, im äußersten Winkel, zogen sich ein wenig schräg empor. Die Querfalten auf der Stirn wirkten sonderbar rührend, in ihrer Andeutung einer Vergänglichkeit, die nach Jahren auch ihn nicht schonen würde vor der Unerbittlichkeit des Alterns.

Dunkel schien mir, als hätte ich dieses Gesicht gesehen – irgendwann und vor Kurzem gesehen –, aber möglicherweise kannte ich es nur aus Bildproduktionen bekannter Museen.

Das Bild hob die Augen von der Zeitung, rief dem Barmixer irgendetwas zu und schlug ärgerlich auf die Zeitung. Trotz des Ärgers war die Bewegung sanft und voll anschaulicher Grazie.

Allmählich fand ich, dass das Bild an den Schauspieler Gino Checchio erinnerte, den Star der Stars zwischen Hollywood und Rom. Und dann merkte ich, weshalb es an ihn erinnerte …

Gino Checchio selbst saß in der Bar, las Zeitung und ärgerte sich über ein Foto, von dem er behauptete, dass es das Bild eines fremden Mannes sei, das nicht die geringste Ähnlichkeit –.

Damit wandte er sich zu mir. »Ist es ähnlich – dieses?«, fragte er verächtlich, umging die leeren Hocker und setzte sich neben mich. Ein gelangweilter Schauspieler, der, vermutlich, tagsüber gefilmt hatte, abends zu müde war, um auszugehen, und mit der nächstbesten Signora ein Gespräch anfing, um die Zeit totzuschlagen. Ich hatte keinen Grund, aufzublühen und mich als losgebundenes Kalb zu fühlen.

Das Erste, was ich zu tun hatte, war, über das Foto empört zu sein. Ich äußerte mich mit ruhiger Klarheit über die Unfähigkeit des Reporters, der es gewagt hatte, der bildhungrigen Welt ein so übel entartetes Foto vorzulegen.

Zufällig hatte ich Checchio vor Kurzem in einem Film gesehen. Ich murmelte diskret, aber verständlich passende Worte von Meisterleistungen, magischen Händen, Offenbarungen.

Gino, obwohl er dergleichen gewöhnt sein musste, lächelte beglückt.

Ich war beim dritten Martini angelangt. Gino trank Limonade, abwechselnd mit ausgepressten Orangen, Grapefruits. Er war vollkommen nüchtern, als er mich fragte, ob ich Lust hätte, mit ihm zu Abend zu essen. Von da an, durch einen vierten Martini gestützt, setzte sich in mir der Gedanke fest, dass ich träumte. In Wirklichkeit konnte es nicht geschehen, dass Gino Checchio, Idol, Bild, Star der Stars, mit der Signora aus höheren Reifeklassen essen wollte, während die Bar sich allmählich gefüllt hatte mit sechzehn- bis, höchstens, fünfundzwanzigjährigen Nymphen, Dryaden, Göttinnen der Antike.

Im Traum gingen wir durch die Halle und in den Speisesaal. Es war ziemlich atemberaubend, als Ginos Begleiterin aufzutreten. Die Augen ringsum glichen aufflammenden Blitzlichtern, die Gino verfolgten, dann wandten sie ihre Lichter zu mir, fragend, prüfend …

Gino erzählte lebhaft, so lebhaft, dass er in jeder Sekunde die Hand auf meinen Arm legte, mindestens.

Er sprach ziemlich gut Deutsch, vermischt mit Brocken aus anderen Sprachen, aber was und wie er redete, war vorläufig nebensächlich; die Stimme war es, die, so empfand ich es, die totesten Frauen augenblicklich zum Leben hätte erwecken müssen, die Stimme für Frauen, die aus Wohllaut und Schwingung bestand und einem sachten Schaben in der Kehle, das die Varianten der stimmlichen Darbietung noch aufregender machte.

Allmählich merkte ich, dass Gino (wie alle schönen Männer) ein freundlich gutmütiges Kind war, zutraulich, heiter und – wie Kinder – erpicht auf Spiele, Eindrücke oder Menschen, die ihn amüsierten.

»Frauen, die meisten, sie langweilen serr!«, erzählte er treuherzig. »Und ist man im Film ein Mann, der oftmals zu Bette geht, so denken sie, dass hat man nichts anderes im Kopf als zu Bette zu gehen ohne Pause.«

Jetzt fing *ich* an, mich zu amüsieren.

Nicht nur noblesse oblige, auch beauté oblige, dachte ich.

»Incroyable, dass Frauen so serr lieben die Liebe perfekt. Ist nicht schöner zu sehen in Mond, als immerzu zu verschlingern die Lippen?«

Ich gab ihm aus aufrichtigem Herzen recht; es war sicherlich angenehmer, in den Mond zu sehen, als dauernd die Lippen zu verschlingern.

»Hin und wieder muss Liebe sein«, sagte er, und die schönen hellen, ein wenig traurigen Augen glitten nachdenklich durch den Raum, »mais en intervalles, vous savez, c'est bien sure ennuyant, de s'approcher toujours –.«

Dann kamen die Augen aus nachdenklichen Fernen zurück und auf mich zu.

»Erzähle, Signora«, sagte er, »wer sind Sie zu welchem Zwecke? Allein in Roma?«

»Nicht allein.«

»Mit Freund?«

»Mit Freund.« Dann aber, erzählte ich, hatten wir andere Freunde getroffen, die mir ein wenig gegen den Strich gegangen waren, sodass ich mich selbstständig gemacht hatte.

Er nickte erfreut. »Darum Sie saßen in Bar und darum wir sitzen hier. Ecco. Gut. Wir werden fahren ein wenig zu sehen in Mond.«

Ich richtete mich kerzengerade auf. Ich hatte jemanden getroffen, der mit mir fahren wollte, zu sehen in Mond. Der Jemand war kein gewöhnlicher Jemand …

In diesem Augenblick merkte ich, dass ich schielte. Mein eines Auge hing noch versunken an Ginos Lippen, mein zweites starrte zur Tür hin, zum Eingang des Saales.

Dort stand Lots Weib, umgeben von zwei weiteren (männlichen) Salzsäulen, und alle drei sahen mit ungläubig geweitetem Blick zu mir hin, die pollo bollito aß, an der Seite des Bildes.

Sie standen so unbeweglich da, als stünden sie vor den Stanzen des Raffaelo.

»Scheint, dass werden gesucht Sie von Ihren Freunden«, sagte Gino belustigt, »einen ich kenne, il Professore Signor Berris …«

Er stand auf, winkte mit seiner strahlenden Herzlichkeit und begrüßte Paul. Marcella, in ihrer Überraschung, öffnete halb den Mund, dann fasste sie sich, übersprang den Graben der Vorstellung und rannte Gino mit ihren besten Truppen an. Da Paul in Hörweite stand, klangen die ersten Salven gedämpft. Ich hörte noch, dass sie im Tempel der Vesta gebetet hatte, kindlich wie sie nun einmal war, um ein einmaliges und besonderes Glück – und da war es nun, da sie ihn getroffen hatte, Gino.

Paul sah mich nur an, kurz, bündig ... Dann lächelte er wohlwollend, gütig und nickte mir zu. *Er* war nicht eifersüchtig, er war weder klein noch unbeherrscht und verlor nicht ein einziges Gran des Gefühls für Feinheit und Takt.

»Schön, dass du wieder gesund bist«, sagte er nebenbei, »übrigens wusste ich nicht, dass du Gino kennst ...«

Als er erfuhr, dass ich in der Hotelbar gesessen und Gino zufällig kennengelernt hatte, malte sich etwas wie leichtes Erstaunen in seinen Augen. Erstaunen oder Missbilligung, aber er sagte nichts.

Gino selbst stand in Marcellas dichtestem Kugelregen – wann, wo und in welchen Filmen sie ihn gesehen hatte, und dass man nur danken müsse, schlicht danken. – Er lächelte, nickte, dankte seinerseits für das »freudige Lob«. Dann tauchte ein sonderbares Signal, eine Art Blinklicht, in seinen Augen auf, und er bedauerte, dass er gerade im Aufbruch begriffen sei ..., la Signora und er wollten zur Via Appia, colla macchina ...

»Wollten wir eben auch!«, jubelte Marcella. »Va bene«, sagte Gino höflich, und plötzlich sah ich nicht nur das Bild, sondern den Schauspieler Gino, er senkte ein wenig den Kopf, ließ die Augen blicklos über Marcella hinschweifen und verbreitete so viel Einöde und Abgetrenntheit um seine Person, dass sogar Marcellas jubelnder Ungestüm an Atem verlor, sie wandte sich fragend an Paul: »Via Appia, wir wollten doch ...«

Aber jetzt war es Paul, der ebenfalls Einöde und Abgetrenntheit um sich verbreitete. »Bisschen spät für heute«, meinte er freundlich und erläuterte kurz, dass ihm sein Zimmer nebst Bett und Zeitung näher läge als die Garage, aus der er mit Mühe den Wagen herausholen musste, um jetzt noch loszufahren.

Wir verabschiedeten uns in der Halle. Akel war plötzlich aufgewacht und bestand darauf, dass Marcella ihn in den Vorraum begleitete, in dem das Fernsehgerät stand. Er wollte den Boxkampf sehen, der heute gezeigt wurde. Paul trat zum Lift.

Das Vorletzte, was ich sah, war Marcellas Gesicht – erschrocken aufgerissen, als sei, mitten in ihrer schönsten Produktion, das Publikum aus dem Saal gegangen.

Das Letzte war Pauls Gesicht, schon im Lift, vom erhellten Viereck eingerahmt, gelassen, ein wenig hochmütig, nachsichtig und müde. Dann verschwand er aufwärtsgleitend hinter Gittern.

Es war Pauls Gesicht, das vor dem Wagen herschwebte, in dem ich fuhr.

Der Mond, in den ich gehorsam sehen sollte, war ein später Mond und ein wenig verschleiert. Trotzdem verteilte er sorgfältig Licht und Schatten über die Gräberstraße Roms. Die Grabmäler reihten sich aneinander, von Pinien und Zedern bewacht. Die Toten, die darin schliefen, waren vom Leben zum Tod gegangen wie wir, waren bestattet worden – ein wenig prunkvoller als wir –, unter ragenden Denkmälern und seltsamerweise am Straßenrand, als wollten sie dem hin und her flutenden Leben noch ein wenig zusehen …

Gino schwieg. Zuweilen sah er mich an, lächelte, deutete über die Gräber hin und zum Himmel hinauf, fuhr die Straße wieder zurück und hielt an, zwischen Licht und Schatten, neben dem aufragenden Grabmal der Cäcilia.

Er lehnte sich im Wagen zurück, zündete mir und sich Zigaretten an, holte Decken aus dem rückwärtigen Teil des Wagens, machte ein kältegeschütztes Paket aus mir und dann aus sich selber und fing dann wie ein Kind vor dem Einschlafen an zu plaudern.

Er fühle sich wohl, teilte er mir mit, die Signora, wie hieß sie, Marcella? sei serr langweilig mit ihrer Stimme, die Steine zersägen könne. Schade, dass Signor Berris nicht mitgekommen war … Aber vielleicht war es besser so? Damit reichte er mir eine zweite Zigarette, und in der Handbewegung lag so viel Anmut, als hätte er mir eine Rose überreicht.

In diesem Augenblick verliebte ich mich in ihn – wie ich es später noch öfter tat –, es war schwer, die lächelnden schrägen Augen, das Ebenmaß, den Tonfall der Stimme mit Gleichmut hinzunehmen.

Zudem hatte Gino mich erlöst, als ich als Mauerblümchen im Ballsaal des Lebens gesessen hatte; er hatte mich sozusagen rehabilitiert, vor Paul, vor Marcella – unfasslich, dass er es gewesen war, der die gesunkene Schale der Eitelkeit –.

»Sie denken an Ihren Freund?«, sagte Gino neben mir in die Luft hinein. »Wer ist es? Berris. Natürlich. Aber verstehe nicht, dass blieben Sie nicht mit ihm zusammen.«

Ich war weit davon entfernt, ihm die Wahrheit zu sagen. »Kleiner Krach, wie es üblich ist«, sagte ich lächelnd, »Berris und ich, äh, arbeiten zusammen – nicht jetzt gerade, aber –.«

Als er begriff, dass meine Arbeit darin bestand, aus nackten Wänden wohnliche Räume zu machen, strahlte er vor Begeisterung und behauptete, dass es die hübscheste Arbeit sei für eine Frau, »zu schmücken der menschliche Heim«.

Er schwärme für Frauen, sagte er, die nicht herumlungerten, sondern Berufe hatten, Berufe mit Fantasia! Es gehöre viel Phantasie dazu, einen einzigen Lehnsessel, ein Fenster und eine Tapete so auszuklügeln, dass ein dickes Gefühl von Behaglichkeit in der Fensterecke entstünde.

Er selbst hatte sich viel mit der Einrichtung seines Hauses beschäftigt.

Wir sprachen von Bildern, Plastiken, Statuen, Ausgrabungen … Ich erzählte von einer kleinen etruskischen Göttin, die ich aus dem Glaskasten des Museums unter allen Umständen hatte stehlen wollen …

»Wenn Sie lieben l'antiqua, müssen Sie kennenlernen meinen Freund, Archäologe, Deutscher; er weiß zu erzählen many storys …«

Damit schüttelte er unsere Decken ab und erklärte, dass wir ihn, wenn wir schnell genug hinkämen, noch antreffen würden, fuhr aus der Via Appia hinaus und hinein in ein Wirrsal von Straßen und Gassen. Irgendwo – ich erfuhr niemals, wo wir gewesen waren – im dunkelsten Winkel eines Platzes lag eine erhellte Trattoria, und oben im ersten Stockwerk allein, während die Kellnerin über die Theke gebeugt schlief, fanden wir den Freund.

Er saß ruhig da, blätterte in Manuskripten, und im Gegensatz zu Gino, war ihm keinerlei Ebenmaß verliehen worden. Aber die Augen waren klug und erfüllt von unumstößlicher Menschenliebe – sie stand so deutlich in seinem strahlend zuversichtlichen Blick, dass sie fast eigensinnig wirkte. Und wenn ihr die Welt auf den Kopf stellt, ihr seid dennoch gut! So ungefähr war der Ausdruck des Blicks.

Er freute sich sichtlich, Gino zu sehen, räumte Bücher und Schriften weg und drückte uns in die Ecken des ältesten Sofas der Ewigen Stadt. Es war klein und schmal, aber merkwürdig bequem, trotz des Seegrases, das zwischen der Polsterung hervorquoll.

»Deutsche Signora. Lustik!«, stellte Gino mich vor, worauf es kein Wunder war, dass Herr Behrle mich mit »Frau Lustig« anredete.

Gino lachte. Frau Lustig, der Name gefiel ihm und musste bleiben. Er saß in der Sofaecke, zog mich zu sich heran und hakte sich in mich ein. Die Kellnerin, starr verzückt in Ginos Anblick, erholte sich langsam so weit, dass sie vino rosso brachte. Für Gino presste sie einen Korb voll Zitronen aus, ohne Presser und Starmix, und sah ihm andächtig zu, als er die Kerne mit den Fingern herausfischte …

»Frau Lustig«, sagte Gino, »schmückt Heime mit Fantasia und liebt l'antiqua. Erzähle, Manfredo, ich habe gesagt, dass bist du erfüllt von many storys.«

Manfredo erzählte nicht gleich. Er wollte von Gino wissen, was sämtliche seiner Hunde, Kinder und Katzen machten und ob das Haus gedieh, in Neapel, ob er ganz sicher das Zuckerrohrwäldchen angelegt hatte, im Halbschatten neben der Mauer.

Sie sprachen italienisch. Ich verstand wenig, aber es störte mich nicht. Ich trank vino rosso, lehnte im ältesten Sofa Roms, und Gino drückte in jeder Weise aus, dass er ein guter Kamerad sei, ein zärtliches Kind, ein heiter zufriedener Fürst oder Principe, der seiner serr langweiligen Umgebung entronnen war.

Seine Hände glichen gesonderten Lebewesen; sie sprangen wie spielende Katzen auf Manfredos Arm, auf meinen, und eine von ihnen strich langsam über die Sofaecke und legte sich dann auf meiner Schulter zurecht, behaglich, zutraulich, als sei sie an diesen Platz gewöhnt.

Plötzlich verstand ich einen der hingeplauderten Sätze. »Und wenn ich sie küssen würde«, sagte Gino und sah stolz zu Manfredo hin, »sie würde nicht auf den Gedanken kommen, verrückt zu werden!«

»Wir waren allein auf der Via Appia, aber sie wurde nicht verrückt.«

»Sie ist süß und weich, innerlich«, sagte Herr Behrle liebevoll.

Und außen? wollte ich fragen, aber dann betete ich geradezu, dass ich nicht anhören müsste, wie sie außen über mich dachten. Plötzlich sah ich Herrn Behrles Augen auf mich gerichtet. »Ein Beispiel mehr«, sagte er und sah kopfnickend zu Gino hinüber.

»Si!« Ginos Gesicht veränderte sich, wurde ernsthaft, feierlich, nickte vielsagend. Er und Manfredo sahen wie Ärzte aus, die einen Virus entdeckt hatten, ihn geheim hielten, vorläufig, streng wissenschaftlich, aber erfüllt von der Leidenschaft und Mission ihrer Entdeckung.

Ich sah fragend zu ihnen hin.

Gino erklärte, dass Behrle, der trotz seiner Jugend ein kluger und nachdenklicher Mann sei, den Fehler gefunden hätte, den alle Menschen machten, wobei sie einander viel Übles und Trauriges zufügten.

Manfredo, der den fünften mezzo rosso spielend zu sich genommen hatte, sah träumend über die Stube hin. Mit halber Stimme erklärte er, dass die Menschen, als stünden sie noch im tiefsten Mittelalter, tatsächlich noch immer daran glaubten, dass sie wie seelenlose Geschöpfe älter wurden und alterten.

Falten, Fältchen, gewiss, aber das Wissen um diese Falten, die Angst vor ihnen schuf kranke Seelen, die das Verblühen hinnahmen, wehmütig resignierten oder, in krassen Fällen, durch hektisch-künstliche Jugend verleugneten. Alles das kam aus der seltsamen Verachtung oder Verächtlichmachung des Älterwerdens, sodass die Älteren sich vor den Jüngeren schämten – als wären die Jungen nicht ausnahmslos gleichfalls zum Altern bestimmt! Ein Zeichen der Albernheit, der Ungereimtheit, da die *Zeit* – kein Verbrechen, kein Makel – nur Zeit verursacht hatte, was man verächtlich, naserümpfend, bestenfalls nachsichtig betrachtete und mit kränkenden Worten bedachte.

In Wahrheit, sagte Manfredo, bildeten die Menschen sich das Älterwerden nur ein, sie wurden nicht älter, nur »anders«, sie wechselten die Farbe. Eine Veränderung der äußerlichsten Materie, die aber trotzdem die Gleichberechtigung neben der jüngeren Farbe behielt, behalten durfte, solange sie nicht durch Krankheit seelisch und leiblich brach, wie Stoffe brachen, in Risse sprangen, die Haltbarkeit ihres Wesens verloren …

Vor hundert Jahren standen Frauen mit dreißig an der Grenze des Alterns, heute waren sie mit fünfzig noch keine Matronen. Wo also lag die wirkliche Grenze? Eben nur in den Symptomen der Krankheit, die eines Tages die Haltbarkeit des Stoffes zerbrach. Die Äußerlichkeit der veränderten Haut, der Haare, der äußeren Form seien Ausdrücke innerlichen Geschehens, dem Wechsel der Lichter in Landschaften vergleichbar. War die sichtbare Klugheit eines Mannes von sechzig nicht ebenso schön wie die Sorglosigkeit eines jungen Gesichts? Überall war Schönheit, gleichberechtigte Schönheit für Augen, die sehen konnten. Jugend war schön um ihrer Jugend, jegliches Alter um seines Alters willen.

Bald aber würde der Tag kommen, da kein Mensch sich seines gealterten Gesichts schämen würde – und im Augenblick, da Furcht und Scham wegfielen, würde kein einziges Gesicht mehr die *Zeichen* des Alters tragen.

Wir hörten ihm still zu. Gino sah andächtig aus, entzückt, verklärt vom Glauben an Manfredos Prophezeiung.

Was mich betraf, so glaubte ich nicht bedingungslos daran, aber ich hörte es gern; die Worte rieselten wie linder Mairegen auf mich herab …

Wenn Manfredo recht behielt, war ich ein wenig zu spät zur Welt gekommen.

Römer und Griechen, in ihrer Blüte, erzählte Manfredo, hatten den törichten Alterswahn überwunden gehabt. Je älter sie wurden, desto höher stieg ihr Ansehen. Kein Mensch war passé und ein alter Trottel gewesen, sie hatten kalklos als weise Männer im Rat der Alten gesessen.

Sogar den Tod hatten sie gewissermaßen überwunden … Manfredo war gesprächig geworden und schilderte ein altrömisches Begräbnis. Der Tote selbst, während er behaglich im Sarg ruhte, ging in der Maske des Todes hinter dem Sarg her und rief seinen eigenen Nachruf über die Menge hin. Das und jenes hatte er geleistet. Die Götter hatten ihm beigestanden, hatten ihm Ehren gebracht, auch Misserfolge, die wahrlich schuldlos sein Haupt getroffen hatten, Leiden und Freuden, die aber letztlich zugunsten der Freuden sich entschieden hatten durch seinen ehrenhaften Tod. Er pries sein Leben; er tanzte hinter dem Sarg, in Erinnerung an die Wonnen, die er genossen hatte; er dankte den Göttern, er hätte, so wahr er im Sarge lag, sein Leben mit keinem anderen Leben vertauschen wollen.

Gino lächelte. Es war spät geworden. Die Kellnerin gähnte, aber sie wollte wach bleiben, um Gino mit runden glücklichen Augen ansehen zu dürfen …

Dann schlief, völlig unvermittelt, Manfredo ein. Gino drückte der Kellnerin einen rosa Geldschein in die Hand, der sie so munter machte, dass sie die Treppe hinunterlief, die Türen öffnete und dann innig bat, Ginos Hand küssen zu dürfen. Gino küsste sie auf die Stirn, machte in Publicity und schrieb Autogramme auf sämtliche Zettel, die ihm die Gäste der unteren Weinstube hinhielten.

Er hatte eiserne Nerven. In aller Eile spielte er eine Runde Hazzard und bezahlte, obwohl er gewonnen hatte. Dann stiegen wir in den Wagen, begleitet von der lachenden, lärmenden Menge der Trattoria …

Als wir zu Hause im Lift emporfuhren, kopierte ich eiligst sämtliche Gäste der Trattoria, schwärmte vom Freund Manfredo und tat alles, um zu beweisen, dass ich, auch im einsamsten Halbdunkel des nächtlichen Flurs, nicht verrückt geworden war.

Gino sah mich entzückt an. »Morgen!«, sagte er und verfiel anscheinend in aufrichtige Bewunderung, als ich ihm nur flüchtig die Hand gab, ihm zunickte und in meinem Zimmer verschwand.

DER Abend war zu viel für mich gewesen. Ich war so müde, dass ich vorerst *zu* müde war, mich auszuziehen. Ich lächelte über die Nachttischlampe, die noch brannte, über Francesca, die mir einen schönen Abend gewünscht hatte, einen guten Abend …

Dann schlüpfte ich aus dem Kleid und trat zum Balkon, um die Vorhänge zu schließen.

Im Liegestuhl, der halb in mein Zimmer hereinragte, lag Paul und schlief.

Ich brauchte Sekunden, um zu erfassen, dass es tatsächlich Paul war, der in meinem Zimmer schlief.

Nicht wecken, dachte ich, zog die Schuhe aus, ging auf Strümpfen ins Badezimmer und zog den Schlafrock an.

Dann setzte ich mich an das Bettende neben dem Liegestuhl, lautlos, und sah ihn an. Das helle Haar lag über der Stirn, so ordentlich, als hätte er es eben gekämmt. Nur eine Strähne zwischen Kissen und Stuhl stand senkrecht empor und machte in ihrer Widerborstigkeit sein Gesicht knabenhaft jung, sodass ich den Halbwüchsigen, den Schuljungen Paul sehen konnte, den ich nie gekannt hatte.

Eben noch war ich in Gino verliebt gewesen, in die dichten dunklen Wimpern, die Schatten unter die Augen malten.

Pauls Wimpern waren nicht dunkel und schwermütig, sondern hell und ordentlich wie das Haar und stellten nichts anderes dar, als den logischen Abschluss eines männlich vernünftigen Lids.

Paul hatte auf mich gewartet.

Plötzlich war irgendetwas in meinen Tränendrüsen in Unordnung geraten, eine Leitung war undicht geworden und begann zu tropfen.

Ich stand auf, ging auf Strümpfen hinaus vor die Zimmertür, drehte geräuschvoll den Schlüssel hin und her, trat ein und ging auf das Badezimmer zu, knipste das grelle Licht an, drehte den Hahn auf, dass das Wasser prasselnd in die Wanne schoss und klapperte mit Dosen und Tiegeln.

Ich klapperte so lange, dass Paul – falls er es ärgerlich fand, während des Wartens eingeschlafen zu sein – Zeit hatte, den Rückzug von meinem zu seinem Balkon zu finden. Als ich nach einer Weile vorsichtig ins Zimmer sah, war der Liegestuhl leer.

Am nächsten Morgen ging alles schief. Ich hatte länger geschlafen, und als ich frühstücken wollte, kam Paul herein und sah so niedergeschlagen aus, dass ich den Grund seines Kommens erriet, bevor er ihn aussprach: Die »Andere Bank« hatte ihn hin und her gehetzt mit dem Ergebnis, er würde die hinterlegte Summe bekommen, sicherlich, wenn die nötigen Formalitäten erledigt sein würden, die Zeit erforderten, einige Zeit, drei, vier Wochen, wenn alles gut ging, drei Wochen mindestens …

In drei Wochen aber würde er längst nicht mehr in Rom sein, sagte er müde, und wer würde dann die Sache betreiben, und wovon sollten wir leben inzwischen?

Ich wusste es nicht, vorläufig, aber ich schob den Tisch zum Fenster (draußen regnete es) und bestellte zweimal Frühstück für ihn und mich. Mit nüchternem Magen, fand ich, konnte man Schwierigkeiten nur schlecht bedenken, aber auch als wir aßen und ausgiebig frühstückten, fiel uns die Lösung der Frage nicht ein.

Wenn wir umgehend zahlten und abreisten, mussten wir einmal wenigstens übernachten, und selbst wenn wir im Auto schliefen, war es schwierig, so lange zu hungern.

Also mussten wir Geld borgen, Geld auf den Schein, der »betrieben« werden musste, um eingelöst zu werden. Paul erzählte, dass der Geschäftsführer des Hotels keine Lust gehabt hatte, Geld auf den Schein zu borgen, aber er hatte ihm einen Anwalt genannt, einen Avvocato, der die Sache betreiben würde. Der Avvocato hatte Vorschuss verlangt, aber keine Lust gehabt, Geld auf den Schein zu borgen und so fort.

Die Firmen, Baufirmen in Rom, die er kannte, würden auch keine Lust haben, sagte Paul. Und außerdem sei es nicht angenehm für ihn, mit einem albernen Schein in der Hand dazustehen und Geld zu verlangen.

Marcella hatte gesagt, dass sie nicht lange mehr bleiben könne, da ihr Geld zu Ende ginge; sie hatte es gestern gesagt, ehe sie ahnen konnte, dass Paul dasitzen würde, wie Shylock mit seinem Schein, den ein »weiser Richter« mit Formalitäten bekämpfte.

»Gino«, sagte ich leise, aber Paul fuhr auf: »Gino!« Als ob es anginge, einen Schauspieler, der ganz Rom kannte und der nicht zehn Minuten lang den Mund halten würde, um Geld zu bitten – mit oder ohne Schein!

Gino würde den Mund halten, und außerdem würde er das Geld borgen, sagte ich. Aber nun wurde Paul blass vor Zorn, sodass ich rasch einlenkte und versicherte, es wäre wahrhaftig angenehmer für mich, wenn ich nicht ausgerechnet Gino bitten müsste …

Dann fand ich, dass wir trotz des Regens ein wenig »vor die Tür« gehen sollten, vor diese Tür wenigstens, dachte ich, durch die jeden Augenblick Gino eintreten konnte …

Als wir vor dem Hotel standen, hatte es zu regnen aufgehört. Wir gingen – um trotz des Kummers nicht nutzlos die Zeit zu versäumen – zum Colosseum, zum Capitol, zur Engelsburg. Wir legten die Strecken mit Straßenbahnen und Bussen zurück, um Benzin zu sparen.

In den Kerkern und Kammern der Engelsburg (in welcher Kammer hatte Katharina Sforza gelegen, die Unerschrockene, die

Cesare Borgia erst dann zum Widersacher und Feind hatte, als sie zu alt geworden war, um ihre Schönheit und Anmut als Waffen gegen ihn einzusetzen?), in einer der Kammern dachte ich an Manfredo, an Katharina – und plötzlich wusste ich, was ich möglicherweise tun konnte, um Shylocks Schein gegen vernünftiges Bargeld einzutauschen.

Ich fragte Paul nach der nächsten Post. Er wollte wissen, wozu ich die Post brauchte. Ich erfand einen fadenscheinigen Vorwand, den ein zweijähriges Kind durchschaut hätte, aber Paul war zu müde, um irgendetwas zu durchschauen. Er setzte sich auf die Steinbank vor der Post. Die Einwohner Roms kannten anscheinend weder Nieren noch Blasen noch sonstige Eingeweide, die sich vor Erkältung fürchteten, da sie nur steinerne und nicht eine einzige hölzerne Bank besaßen.

Ich trat in die Post, fand nach einigem Suchen das Fernamt, zählte den Rest meines Geldes und fragte: »Quanto costa telefonieren Roma–Bolzano?« Der Herr hinter dem Schalter hatte anscheinend Mitleid mit der blassen ängstlichen Ausländerin, aber er konnte den Posttarif nicht ermäßigen. Drei Minuten zweitausend Lire.

Drei, sechs Minuten mindestens. Vier von den fünftausend, die ich besaß, würde ich opfern müssen. Ich nickte, gab die Adresse an und wartete.

Dann hörte ich Tonios Stimme im Apparat, erstaunt, verwundert.

Ich ließ ihm nicht Zeit zur Verwunderung; ich hastete heraus, dass ich keinen anderen Ausweg wüsste, ich säße hier fest. Paul Berris, mit dem ich hier sei (aus beruflichen Gründen), hatte Geld auf der Grenze deponiert –.

»Tonio!«, flehte ich, und dann schluchzte ich fast, als ich ihn bat, mir das Geld zu leihen; er bekäme es sicher zurück, vor allem sollte er selbst die Sache betreiben, ich würde den Schein umgehend schicken, aber ich brauchte das Geld.

»Wie viel?«, fragte Tonio.

Auf gut Glück sagte ich: »Hunderttausend!«

Es blieb einen Augenblick still.

»Klapperst du mit den Zähnen?«, fragte Tonio interessiert. Ich hatte nicht mit den Zähnen geklappert, nur mit den Fingern an die Hörmuschel. Dann merkte ich, dass ich Mühe hatte, nicht mit den Zähnen zu klappern, die Telefonzelle drehte sich, der Hörer klebte an meinen Händen, ich starrte verängstigt auf die Zellenwand.

Dann kam die Erlösung. »Natürlich schicke ich dir das Geld, espresso«, sagte Tonios Stimme …

Er sagte noch, dass ich den Schein nebst Vollmacht des Eigentümers abschicken sollte, eingeschrieben, und dann sollte ich schleunigst aufhören zu telefonieren, um keine Lire mehr zu verprassen. »Wie viel hast du noch?«

»Tausend.«

»Wenig. Aber ich schicke das Geld heute noch ab!«

»Danke!«, hauchte ich, und meine Stimme klang so ergriffen, dass Tonio lachte. Dann hängte ich den Hörer ein.

Als ich zurückkam, saß Paul noch immer auf der Steinbank und sah teilnahmslos vor sich hin.

»Wir bekommen das Geld«, sagte ich.

DER Tag wurde so schön, wie kein anderer Tag gewesen war. Wir waren vor Hunger, Sorgen und anderen Kümmernissen bewahrt worden, und Paul vergaß nicht, dass ich den Einfall gehabt hatte, zu telefonieren.

Ein wenig wunderte er sich, dass er nicht selbst daran gedacht hatte. Dann aber wollten wir den Rest überzählen, seinen und meinen und sparsam sein, bis das Geld kam.

Die Sparsamkeit verhalf uns zu hohen Genüssen. Zuerst musste es ein Espresso sein, der die Feier des Tages einleitete, nicht auf der Via Veneto, wo er fünfzig Lire kostete, sondern in einer Seitenstraße der Piazza d'herbe. Hier standen drei Tische vor der Tür, mit Korbstühlen, deren Geflecht nette, anheimelnde Lücken hatte, aber die Sonne war plötzlich aufgegangen, und wir wurden so übermütig, dass wir statt einem zwei Espresso tranken. Er kostete ebenfalls fünfzig Lire, dafür waren die Tassen kleiner als auf der Via Veneto.

Von jetzt an aber wollten wir wirklich sparen, Lokale vermeiden und nur Brot und Wurst einkaufen als Wegzehrung bis zum Abend.

Wir gingen in die Garage, holten den Wagen heraus und fuhren zum Kloster des Sant' Onofrio, in dem Tasso, der Dichter und Freund des Herzogs, Goethes Tasso, die letzten Jahre verbracht hatte, die letzten schwermütigen Jahre seines Lebens.

Sant' Onofrio lag auf einem Hügel so still und schön, dass wir gleichfalls die letzten Jahre hier verbringen wollten. Für mich würde es ein wenig schwierig sein. Ich stand schon im Bogengang des Klosterhofs, als ich die Tafel entdeckte, die Frauen verbot, den Klostergang zu betreten.

Ein Mönch kam vorüber, ein Pater im schwarzen Habit, mit feinem dunklem Gesicht und hellen Augen. Ich stand da und sah ihn bittend an, und da an diesem Tag alle Welt freundlich war, lächelte er und drehte die Verbotstafel um. »Only five minutes«, sagte er in der Annahme, dass eine kunstbeflissene Engländerin die Fresken an der Wand sehen wollte. Dann ging er zum Eingang des Klostergartens und stand Wache, bis die Engländerin die Fresken gesehen hatte.

Die Fresken waren schön, noch schöner die sacht ineinander verflochtenen Säulen des Bogengangs, der Friede des kleinen

Gartens, die roten Blumen, die zwischen dem Grün des Rasens und dem Stein der Fliesen standen wie kleine Inseln des Lebens und der Freude.

Und trotz der Sparsamkeit musste ich zweihundert Lire in den Opferstock legen, aus Dankbarkeit für den weltfernen Frieden Onofrios.

Der Pater nickte dankend, und ich schämte mich, dass ich nicht mehr hatte spenden können, dafür, dass mir erlaubt worden war, zu spenden. Sicherlich war die Verbotstafel ein einträgliches Geschäft. Der Pater drehte sie wieder um und lächelte freundlich.

Hier war Tasso gegangen, in diesem Garten hatte er möglicherweise versucht, ein wenig zuzuhören, wenn die Mönche sprachen oder beteten, versucht, sie zu verstehen.

Denn sein Geist war umnachtet gewesen, abgetrennt von der Welt, die er nicht mehr verstand. Wir gingen zur Eiche, unter der er gesessen und in die Ferne geblickt hatte, Abend für Abend.

Der Stamm war noch da, von Eisenklammern umhüllt und ohne Laub. Wir setzten uns neben den Stamm und sprachen darüber, wie sehr wir Tasso liebten, Goethes Tasso. Einen der Verse hatte ich nie lesen können, ohne mit nassen Augen zu Goethes Genius – und gleichzeitig zu seinem Schattenriss über meinem Bett – aufzusehen:

Es gibt ein Glück, allein wir kennen's nicht,
wir kennen's wohl und wissen's nicht zu schätzen –.

Ich sagte die Verse, aber heute wollte ich nicht weinen, ich hatte die Jahrgänge des Weinens hinter mir, trotz Manfredos Glauben an sämtliche Jahrgänge, die nur die Farbe ein wenig änderten – oder verloren …

Es passte nicht zur Eiche, zum Blick über das Land, zu Tassos

Schwermut, dass wir plötzlich an die Wegzehrung dachten. Aber die Eintracht des Nebeneinandersitzens brachte es mit sich, dass wir hungrig wurden und aßen. Es war eine der menschlichsten Eigenschaften der Menschen, dass sie essen und trinken wollten, wenn sie zusammensaßen.

Es gab nichts Besseres, als auf dem Erdboden zu sitzen und Wurstbrote zu essen, während wir über die Landschaft hinsahen. Paul sagte, dass wir im Ritz hätten sitzen können, wenn Marcella gestern nicht so viel Sekt getrunken hätte. Aber diese Art Frauen tranken immer Sekt. Sie fühlten sich lebeweiblich dadurch, frei und erfolgreich.

Ich fand, dass wir Marcella zu Dank verpflichtet seien, da wir nirgends besser, genussreicher hätten essen können als unter der Eiche. Paul nickte. Dann aber sagte er, dass Marcella ein wenig nervenzersägend wirke, wenn man länger mit ihr sprach und dass sie die sonderbare Fähigkeit hätte, sich klüger zu stellen, als sie in Wahrheit sein konnte.

Da ich schwieg, sah er mich an: »Oder dachtest du wirklich, sie hätte mir gefallen?«

»Du hast mit ihr geflirtet.«

»Um dich zu bestrafen für deine Eifersucht. Eine Frau wie du ist nicht eifersüchtig.«

»Natürlich ist sie es!«

»Dann muss sie erzogen werden, es nicht zu sein! Sich selbst erziehen! Unbeherrschtheit passt nicht in den Rahmen eines wohlerzogenen Verstandes.«

Ich antwortete, dass Verstände nur wohlerzogen seien, solange sie keinen Grund zur Eifersucht –.

Unfasslich! Ob ich denn nicht begreife, dass die verlorene Haltung ein Prestigeverlust sei, der sich niemals lohne.

»Sicherlich. Aber –.«

»Und das unter Freunden!« Verständlich noch, wenn es sich um Verliebte handelte, die eben erst – wenn die Frau so verrückt sei, ohne Sinn und Verstand, unbedacht nur einfach zu lieben.

Ich verschluckte einige Worte, die ich nur ungern verschluckte. Dabei dachte ich, wie viele Worte man im Lauf des Lebens zu verschlucken gezwungen war. Wenn man für jedes dieser Worte Geld bekäme – eine Mark nur für jedes verschluckte Wort –, so konnte beispielsweise die Sekretärin, die vom übelgelaunten Chef angepfiffen wurde, für das unausgesprochene: »Spiel dich bloß nicht auf, Alter, kannst ja ohne mich nicht den kleinsten Brief diktieren!« früh am Morgen schon fünfzehn Mark kassieren.

Laut sagte ich, dass Eifersucht mit Verrücktheit und Liebe nichts zu tun hätte. Eifersucht sei eine Besitzstörungsklage, einerlei, um welchen Besitz es sich handelt …

Plötzlich sah ich ihn, Torquato. Er stand neben mir, ein wenig vorgebeugt, im Schatten neben dem Sonnenfleck auf dem Rasen, sah mich aus blassen Augen an und versuchte zu verstehen. Sein Gesicht war länglich, hager, mit sanften Zügen und einer hohen Stirn, auf der dunkles Haar lag.

Er sprach, ohne Stimme, unhörbar in die Luft hinein.

Es gibt ein Glück, allein wir kennen's nicht … Und dann sagte er noch, dass einzig der Turm von Pisa ihn am Leben erhalte, nicht der Turm selbst, der Gedanke des Turms!

Drei Stockwerke hoch sei er gediehen gewesen, ein Wunder himmelstürmender Kraft, unfasslicher Herrlichkeit – da hätte die Hölle sich eingemischt, den Erdboden unter ihm abgleiten und sinken lassen und den erhabenen Bau zur schrägen Missratenheit verurteilt.

Nur die Wahl blieb: Das Unglück des schrägen, schiefen Kunstwerks zu lassen, wie es stand, unvollendet, ein Hohn auf die Kräfte und Mächte der aufwärts gewandten Seelen – oder den

Bau abzutragen, Jahre des Wollens und Wirkens auszulöschen, in tragischer Demut zu begraben.

Da aber war einer aufgestanden und hatte die lockende Tiefe düsteren Sich-Ergebens beseitigt, besiegt, überwunden! Dennoch – und allen Unsternen zum Trotz, hatte er den erhabensten Besitz menschlichen Wesens eingesetzt: die Kraft des Wollens! Sein Wille war stärker gewesen als das Schicksal, stark genug, um das finstere fatum est der Hölle zu überschreiten – er stieg weiter empor zu Höhen, die er trotz allem schuf, mochten es schräge Höhen sein, was scherte es ihn, wenn sein Geist die Kraft hatte, sie zu erreichen! Die Höhe stand, sie fiel nicht, sie blieb und deutete aufwärts!

Darum, sagte die stimmlose Stimme des Schattens, sei der Turm ein Gleichnis, ein Beispiel: Glück sei dort, wo Kraft und Geist gewillt seien, jegliche Bitternis und Not mit der stärksten Macht aller Mächte, mit dem befreiten UND DENNOCH – das übrigens ein späterer hochgradiger Geist, der des schmächtigen Predigers Gottfried Herder, geprägt hatte – zu überwinden!

Der Schatten verschwand. Ein wenig verwirrt überlegte ich, ob sich in die Worte des Schattens eine kleine Konfusion hinsichtlich der erwähnten Daten und Jahrgänge eingeschlichen haben mochte, aber möglicherweise war das der Sorglosigkeit einer Ewigkeit zuzuschreiben, für die Tage ein Jahr und Jahre Tage bedeuteten …

»Schläfst du?«, fragte Paul.

Ich schlief nicht, ich erzählte Paul ein wenig von dem, was ich gehört oder gedacht hatte, und er nickte und fand, dass der Tag heute ein guter Tag sei. Darum wollten wir jetzt zum Palast des Hadrian, des Schöpfers des hundertjährigen Friedens – in seiner Kraft ähnlich oder beinahe stärker noch als der Schöpfer des Turms.

DER Weg zu den Ruinen des Palasts führte aufwärts durch Reihen von hohen Zypressen. Dann lagen Hadrians mächtige, halb schon zur Erde gewordene Säle, Tempel, Säulen und Bogengänge da. Kaiser Hadrian starb, ehe er ausruhend darin hatte wohnen dürfen, aber sein Geist, der Geist des Friedens, lag über den weiten Flächen mit ihren Bogengängen und Säulen.

Als wir durch die Ruinen gingen, merkte ich, dass irgendetwas von dieser Vergangenheit dageblieben war – man *sah* den Atem der großen Ruhe, er machte Steine und Rasen sonderbar leuchtend in ihrer Stille …

Wir sprachen nicht mehr. Die Sonne stand tiefer am Himmel und färbte sich rötlich in ihrem Bemühen, unterzugehen. Das Gras und die Bäume standen unbeweglich, als wollten sie diesem Untergang feierlich zusehen. Vielleicht beteten sie und starrten voll Andacht zu den Wolken hinauf.

Dann kam die Dämmerung so schnell, dass alles bläulich wurde, lila und gelblich grau, nur die Wolken standen noch feuerrot am Himmel.

Ich ging über die Wiesen, die Augen auf das üppige Rot der Wolken gerichtet. Ich konnte nicht anders, ich ging ein wenig rascher voran und merkte beglückt, wie weich und leicht ich dahinging. Von hinten gesehen konnte mein Gang möglicherweise reizend aussehen, dachte ich, stieg über ein Grasbüschel weg – und verschwand.

Ich hörte einen verblüfften Laut hoch oben über mir. Später erzählte mir Paul, dass er sich an die Stirn gegriffen hätte – für ihn hatte es ausgesehen, als sei ich vor seinen Augen in Nichts zerronnen.

In Wahrheit saß ich in einer schmalen, glittrigen Lehmgrube, von der Paul später behauptete, sie sei möglicherweise ein Rest der untersten von den unteren Badstuben gewesen. Er interessierte sich sehr für die Anlage der Grube. Sie war einseitig erweitert, dort, wo ich mühelos abgeglitten war.

Er stand oben und dachte anscheinend, dass es ebenso mühelos sei, wieder hinaufzugleiten! Anfangs dachte ich es auch. Ich nahm eine Art Anlauf und stürmte hinauf, aber dort, wo der Lehm am glittrigsten war, rutschte ich mit erstaunlicher Schnelligkeit wieder zurück.

Paul lachte und sagte, ich sähe komischer aus als viele Komiker, die gern komisch sein wollten, und mein Anfluten und Abebben sei eine Zirkusnummer für sich.

Da er nicht wagte, zu nahe an den Rand zu treten, um nicht so lehmig zu werden wie ich, streckte er mir aus sicherer Entfernung die Hände entgegen – und beinahe schaffte ich es, ihn mit hinunterzuziehen, als ich mich an ihn anklammerte.

Anfangs lachte er immer noch, aber dann hörte er anstandshalber auf. Ich war vom Kinn bis zu den Schuhen voll Lehm. Außerdem sah ich nicht sehr glücklich aus in meiner Grube. Ich wäre gern wieder oben gewesen.

Als ich zum zwanzigsten Mal hinaufstürmte und wieder hinunterglitt, gab ich es auf. Ich sagte, dass ich abwarten wolle, bis einige Landleute kämen, die mich mit Spaten und Hebekran ausgraben würden.

Paul tat das Äußerste, um mir zu helfen: Er legte sich platt auf die Erde und befahl mir, die Hände (die er zuerst mit Grasbüscheln und Taschentüchern reinigte) um seinen Hals zu legen.

Ich hatte noch nie die Arme um seinen Hals gelegt. Es war von allem, was mir die Grube bisher geboten hatte, das angenehmste. Ich roch Wolle und Noppen, starrte oben angestrengt auf das Muster seiner Krawatte, und fing unten wieder zu klettern an.

Paul schob sich Zoll für Zoll zurück – ich sah, wie anstrengend es für ihn war, mein ganzes Gewicht an seinem Hals hängen zu haben –, dann schnellte er sich zurück, ließ sich fallen und riss mich mit. Im nächsten Augenblick lag ich neben ihm im Gras, und erstmals taten wir beide nichts anderes, als schwitzend und keuchend von der Anstrengung auszuruhen.

Ich dankte ihm mit gerührten Worten, aber Paul winkte nur ab. Er schwieg und dachte anscheinend darüber nach, wie beschwerlich es war, Frauen mit sich herumzuschleppen, die in Gruben fielen – in die einzige Grube, die es weit und breit gab.

Dann fand er es an der Zeit, sich bäuchlings herumzudrehen und den Lehm zu betrachten, der mich von oben bis unten bedeckte.

Er schwang sich zu einem Lob auf. Es sei anständig von mir, sagte er, mich nicht zu »haben« wegen des Lehms. Andere Frauen würden verärgert an sich herumreiben …

»Ob du nun mit beiden Beinen im Wasser oder mit klaffendem Rock auf der Straße stehst oder mit Lehm beschmiert bist – in solchen Fällen bewahrst du Haltung!«

Ich lächelte geschmeichelt. Allmählich gingen ihm anscheinend die Augen für meine Vorzüge auf.

»In anderen, weniger krassen Fällen benützt du die lächerlichsten Vorwände, um auf Barhockern zu sitzen und mit Männern zu flirten, die bekanntlich mit jeder Frau vorliebnehmen, zwischen siebzehn und siebenundsiebzig.«

»Du irrst dich«, sagte ich sanft, »Gino nimmt eher vorlieb mit Frauen von siebenundsiebzig. Er schwärmt nicht für stürmische Leidenschaft.«

»Woher weißt du das?«

»Von ihm selbst. Ich nehme an, dass ein Mann wie er, übersättigt, gelangweilt –.«

Paul lachte, aber es klang nicht ganz echt.

Er sei fern davon, eifersüchtig zu sein, sagte er; er kenne Eifersucht nicht, habe sie nie gekannt. Aber eine vernünftige Frau, die mit Gino nachts auf die Via Appia fahre, um dort, übersättigt, gelangweilt wie er sei, die Gräber zu betrachten, oder den Mond! Wenn ich zufällig keine Lust hätte, die Wahrheit zu sagen, solle ich glaubwürdiger mogeln …

Ich schloss sekundenlang die Augen. Mein Zwerchfell, meine Seele, mein Magen, die Brust innen, lächelten breit und beglückt. Paul *war* eifersüchtig.

Wie sollte ich es anfangen, ihm die Eifersucht zu lassen, ohne ihn allzu sehr zu verärgern?

»Gino«, sagte ich vorsichtig, »ist ein merkwürdiger Mensch …« Dabei lächelte ich so undurchsichtig wie möglich. In vielen Romanen stand, dass Frauen undurchsichtig lächelten, während in ihren Augen ein seltsames Glitzern stand.

Als ich gerade nachdachte, wie ich es anfangen sollte, aus dem Stegreif zu glitzern, nahm Paul eine Zigarette aus meiner Packung und fing zu rauchen an – wie Nichtraucher rauchen, mit nassem Mundstück und kurzen, japsenden Rauchstößen in die Luft.

Es tat mir leid, obwohl ich gleichzeitig Mühe hatte, den Atem ruhig durch den Hals zu kriegen und nicht gleichfalls zu japsen.

»Hast du«, fragte er langsam und gleichmütig, so gleichmütig, dass er nur einen der Mundwinkel ein wenig verzog, was ungemein rührend aussah, »hast du dich in ihn verliebt?«

»Nicht – eigentlich –«, sagte ich und stand Angstqualen aus, dass mein zurückgedrängter Atem sich mit einem dünnen, irreparabel blamablen Pfiff durch die Nase Luft machen könnte, oder durch ein Gurgeln im Hals oder sonst ein akustisches Wunder, das Liebesgespräche so schwierig macht, »das heißt, nur kurzfristig und im Grunde aus –.«

Ich hatte »aus Dankbarkeit« sagen wollen, weil mein Gehirn nicht mehr funktionierte, aber im letzten Augenblick sagte ich: »aus Vergeltungstrieb. Weil du mit Marcella –.«

Paul schob Marcella mit einer Handbewegung weg. Dann fing er bedächtig an einem Grashalm zu kauen an …

Ich hätte die Wahrheit sagen können: dass ich tatsächlich dankbar gewesen war für Ginos Errettung aus meiner Einsamkeit, dass er ein Mann war, der jeder Frau gefiel, aber möglicherweise nicht länger als sie ihm selbst gefiel. Aber ich konnte den abertausendjährigen Vorteil, der darin lag, dass ein Knochen erst wertvoll wurde, wenn ein zweiter Hund sich ihm näherte, diesen grenzenlosen, erprobten Vorteil der Eifersucht nicht einfach und allzu schnell aus der Hand geben.

»Hält sie noch an«, fragte Paul, »diese kurzfristige Verliebtheit? Ich frage nur, weil ich, falls du länger hierbleiben möchtest –.«

Ich sagte schnell, dass ich keinesfalls vorhätte, hierzubleiben.

Dann sagte Paul etwas Ohrenbetäubendes, er sagte: »Ich habe an Hicks geschrieben.«

»Wann?«

»Gestern Abend.«

Ich fuhr so schnell hoch, dass ich, so leid es mir tat, mit meiner Stirn an sein Kinn stieß.

Es sei nicht nötig, ihn mit Knock-out-Schlägen arbeitsunfähig zu machen, sagte Paul und rieb sich sein Kinn. Und außerdem sollte ich nicht vorzeitig lächeln wie ein Kind vor dem Weihnachtsbaum. Möglicherweise käme sein Brief zu spät. Es sei anzunehmen, dass Hicks den Auftrag inzwischen an andere Leute vergeben hätte.

Das war wahr. Der Auftrag konnte vergeben worden sein, er konnte aber möglicherweise auch nicht vergeben worden sein.

»Ich hätte nicht gedacht, dass du dich so freust«, murmelte Paul, »wenn es die Markstücke sind, die du so dringend brauchst, hättest du es sagen müssen, ich helfe dir doch natürlich aus.«

»Es sind nicht die Markstücke – es ist – es ist –.« Ich griff nach meinem Taschentuch.

»Wenn du dich ausgeweint und ausgeschnäuzt hast«, sagte Paul, »würde ich dich gern küssen, um den Effekt von leicht gesalzenen Lippen versuchsweise festzustellen.«

Es war mehr als erstaunlich, dass zwei Menschen höheren (oder mittleren) Jahrgangs auch nur sekundenlang verlegen werden konnten, aber wir wurden es und nicht nur sekundenlang. Wir genierten uns gegenseitig und vor uns selbst, aber es half nichts, wir gingen den Weg zwischen der Lehmgrube und den Zypressen schweigend dahin, stolperten dann und wann, was die Sache nicht besser machte, und redeten zuletzt mit forcierter Forschheit vom Wetter, der Aussicht, vom Wetter morgen, vom Wetter gestern –.

Wir neigten, jeder für sich, nicht zur Verlegenheit, aber nun hatten wir jahrelang über Verliebtheiten in reiferen Jahren erhaben gelächelt, sodass es schwer war, aus dem Lächerlichen zum Erhabenen wieder zurückzufinden. Es gelang uns nicht gleich, die Kurve zu nehmen, um auf die gewohnte Fahrstraße einzubiegen.

Hadrians Burg lag auf dem Hügel oben, ich sah noch einmal zurück.

Dann saßen wir wieder im Wagen.

Vor meinen Augen, in der graublauen Dämmerung, schwebte Pauls Brief an Hicks, den er geschrieben hatte und einiges andere noch. Und da uns beim besten Willen nichts mehr einfiel, was wir über das Wetter hätten sagen können, fuhren wir schweigend bis zum Rand der Stadt.

Dann dachte ich plötzlich an Marcella, an Gino. Ich sah mich, wie ich durch die Halle ging, mit Lehmkrusten bedeckt, als hätte ich mir eine nette neue Art von Knusprigkeit zulegen wollen. Ich sah Marcella, die bei meinem Anblick die Augen aufriss, den Portier, der gleichfalls die Augen aufriss.

Ich würde nicht sehr gern durch die erleuchtete Halle gehen, sagte ich, ich würde versuchen, hinten herum hineinzukommen …

»Durch die Bar?«, fragte Paul.

Es war merkwürdig, wie glücklich man werden konnte durch eine einzige, kurze, ein wenig misstrauische Frage.

WIR kamen hinten herum durch den Kücheneingang hinein, und einer der Köche zeigte uns den Weg über die hintere Treppe. Es gab keinen Lift; wir hatten drei Stockwerke zu steigen, und während des Steigens kamen wir überein, dass wir die Freunde, die wir nun einmal hatten, des guten Einvernehmens wegen, noch einmal um uns versammeln wollten.

Irgendwie musste dafür gesorgt werden, dass kein Sekt getrunken wurde, sagte Paul streng, da der Barbestand reichen musste, bis Tonios Geld kam. Wir rechneten uns aus, dass es heute zu spät gewesen war für Tonio, um noch auf die Bank zu gehen, dass wir es also frühestens morgen bekommen konnten.

Paul sagte, er hoffe, dass Gino diesmal Marcella einladen würde, sodass Akel, der dritte Mann, auf seine Rechnung käme, statt auf Pauls Rechnung.

Wir staunten selbst, wie niederträchtig man wurde, wenn der Geldmangel den Charakter schwächte. Wir wollten zukünftig nachsichtiger denken über Hoteldiebe, Hochstapler, Heiratsschwindler und ähnlich geschwächte Charaktere.

Wir sprachen wieder vernünftig, wir hatten die Kurve hinter uns und gingen auf gewohnten Straßen dahin.

Vor den Zimmertüren trennten wir uns. »Um acht in der Halle«, sagte Paul.

Als ich ins Zimmer trat, klingelte das Telefon. Ich starrte es zögernd an. Das Gefühl, mit dem ich es anstarrte, war ein Gemisch aus Schreck, Freude, Eitelkeit – und glühender Eitelkeit.

Sie saß tickend und kribbelnd in den Fingerspitzen, als ich den Hörer abnahm.

Ginos Stimme klang fröhlich und nur ein wenig verwundert: »Wo bist du gewesen, der ganze Tag?«

Er duzte mich, er hatte vergessen, dass wir uns gestern nur zweimal, versehentlich, geduzt hatten …

Sicherheitshalber fragte ich, ob er mich nicht verwechselte.

»Ma no, weshalb sollte verwechseln?« Dann erzählte er, dass er Kinokarten hätte für heute Abend, der Film sei nicht schlecht.

Oh, sagte ich und suchte nach einer klügeren Antwort.

»Oder gehst du nicht gerne in Cinema?«

»Doch, sehr gerne. Aber Berris hatte gemeint, dass wir den Abend zusammen verbringen könnten.«

»Okay«, sagte Gino liebenswürdig, »dann wir verbringen gemeinsam. Cinema läuft nicht weg.«

»Um acht in der Halle«, sagte ich.

»Halle? Nein. Wäre nicht gentlemanlike zu treffen sich in der Halle. Ich hole dich ab!«

Ich legte den Hörer auf. Es war nicht meine Schuld, dass es nicht gentlemanlike war, sich in der Halle zu treffen. Dann zog ich mich eiligst um. Mit der Frage, welches von allen Kleidern ich anziehen sollte, brauchte ich mich nicht zu plagen, da ich außer dem schwarzen nur noch das grüne besaß, das mir nicht stand.

Zehn vor acht klopfte es, und das Erste, was Gino sagte, war: dass er das Grüne noch netter fände als das Schwarze von gestern. Das Grüne blühte sichtlich auf. Auch Kleider hatten ihre Seelen, die auf Lob oder Tadel reagierten. Wenn sie getadelt worden waren, hingen sie wochenlang trübselig im Schrank und grämten sich.

Ich nahm den Mantel und wollte gehen. Aber anscheinend war es nicht gentlemanlike, sofort zu gehen. Gino rückte den Liegestuhl für mich zurecht und schob einen zweiten Sessel auf den Balkon.

»Haben Zeit«, sagte er behaglich.

Wenn Paul noch drüben in seinem Zimmer war, musste er jedes Wort hören.

Gino gab mir Zigaretten und Feuer.

»Lieber wäre gewesen mit dir allein«, sagte er, »aber wenn nicht heute, so kann sein morgen oderr – an eine andere Tag. Habe dabei eine kleine Plan. Wundere nicht, wenn kommt zu Tische mein Freund.«

»Manfredo?«, fragte ich und freute mich ehrlich, ihn wiederzusehen.

»Nicht er. Manfredo war gut für gestern. Für heute ist gut eine andere Freund. Signor Maniali ...« Er sagte es lächelnd, mit der verschmitzten Miene eines Kindes, das eine Überraschung plant.

Ich ging nicht weiter darauf ein. Vielleicht war es Ginos Hobby, an jedem Abend einen anderen, jeweils passenden Freund auftauchen zu lassen.

Übrigens sei es gleich acht, sagte ich und stand auf.

»Bleibe noch«, bat Gino, »ich habe zu sagen noch etwas.« Er beugte sich vor, nahm meine Hand, sah mich aus schrägen Augen an und sagte: »Frau Lustig ist eine gute Frau. Serr verständig und lacht sie gerne, weil ist sie romantisch!«

Ich sah ihn verblüfft an. Ich hatte gern gelacht, gestern, aber ich erinnerte mich nicht, romantisch gewesen zu sein.

»Ist große Kunst heutzutage, zu sein romantisch«, sagte Gino nachdenklich, »Frauen sie denken an Material –«

»– denken materiell«, warf ich ein und hörte von nebenan den Laut eines unterdrückten Räusperns.

Die Szene mit dem Horcher an der Wand war einigermaßen spannend, sie konnte gut oder schlecht für mich ausgehen, je nachdem, was Gino weiterhin sagen würde. Da ich nicht vorher wusste, was er sagen würde, wollte ich ihn neuerlich unterbrechen; aber Gino war nicht gewohnt, unterbrochen zu werden.

»Frauen sie wollen Materie von Liebe oder von Geld oder beides ... Du haben nicht wollen Liebe gestern, du nicht warst gepicht auf heiße Blickens und Küssens, du bist wie Brunnen für Trinken und Baden nach diese Hitze überall – ich brauchen so sehr dein Wasser, welches ich finde so schmackhaft.«

Von nebenan hörte ich einen schwach niesenden Laut.

»Wo noch zu finden eine Frau wie du«, sagte Gino mit aller Zärtlichkeit seiner weichen Stimme. »Darum bitte mit Innigkeit – wenn zu Ende ist einiges Tages deine Freundschaft mit Paolo Berris – ich achte solange besteht –, aber wenn zu Ende, dann bitte dich: Komme zu mir!«

Das Niesen nebenan war verstummt.

»Jetzt wir gehen zu unsere Freunde«, sagte Gino, stand auf, nahm meinen Mantel über den Arm, rückte die Stühle wieder zurecht, knipste das Licht im Badezimmer aus, öffnete die Tür – wenn die Frauen ihn auch bedrängt hatten, mit ihrer heißen Leidenschaft, so hatten sie ihn gleichzeitig erzogen zur äußersten Fürsorge und Höflichkeit ...

WIR traten gemeinsam aus dem Lift.

Marcella saß in der Halle, erstarrt vor Langeweile, aber bei unserem Anblick belebte sie sich. Sie begrüßte Gino, nickte mir flüchtig zu, fragte nach Paul.

Sie schien mir noch fahriger als gestern, aber weniger königlich, vielleicht war das Krönchen in ihrem Kopf in der Hitze und Langeweile des Tages ein wenig abgeblättert.

Dann trat Paul aus dem Lift – im schwarzen Anzug. Der Anzug passte ihm gut zu Gesicht, seine »hohe Gestalt« kam darin zur

Geltung, aber sein Gesicht war so ernst und feierlich, dass er aussah, als ginge er zu einem Begräbnis.

Den ganzen Abend dauerte die Begräbnisstimmung an. Ich hätte den Hecht, den ich leider bestellt hatte, dafür gegeben, um zu wissen, weshalb Paul so würdevoll und verdrossen dasaß, dass jeder Versuch eines Scherzes an seiner Miene abprallte.

Dann kam Herr Maniali, und die Stimmung belebte sich. Seine Lebhaftigkeit, mit der er *schwieg*, war unwiderstehlich. In seinem Schweigen lagen Charme, Teilnahme, Begeisterung, seine Augen glitten wie dunkle Kugeln im Kreis umher, lächelnd, entzückt, sie forderten jeden Einzelnen auf, sich ein wenig zu produzieren – und allmählich taten wir es auch.

Marcella glänzte mit Knittelversen, die sie so wirksam vortrug, dass ich ihr vieles abbat. Ich war so milde und gütig an diesem Abend, dass ich auch bei den schwächeren Versen lachte.

Maniali stimmte umgehend ein und lachte so herzlich, dass er selbst Akel mitriss, der die Verse seit Jahren kannte.

Auch Akel produzierte sich ein wenig. Er erzählte von einem Haifisch, der ihn beinahe gebissen hatte. Glücklicherweise verstand er mit Tieren umzugehen, sodass er sich totgestellt hatte. »Ich ließ mich ganz einfach sinken und atmete nicht mehr – da ließ er von mir ab …«

Ich begriff, dass ein toter Akel auf den Hai noch weniger appetitanregend gewirkt hatte als ein lebender Akel. Und plötzlich tat mir Marcella leid. Ich empfand ein so tiefes Mitgefühl, wie es nur Frauen empfinden können für andere Frauen, deren Männer sie nicht für eine Million (Dollar) ertragen könnten.

Selbst Paul fing an, seinen düsteren Ernst zu verlieren, auch er konnte Manialis stummer Beglücktheit nicht länger widerstehen. Mit seiner trockensten Ironie, die ihm bezaubernd stand, erzählte er kleine Geschichten aus den Anfängen seiner Arbeit, kopierte

Stars und Größen, die sich vor allem für Swimmingpools interessierten, und brachte es mehrfach dazu, dass Manialis Augen in ihrer lachenden Begeisterung beinahe aus dem Kopf sprangen.

Auch Gino lachte, er saß behaglich da, amüsiert und aufmerksam, sah von Paul zu Maniali hinüber und nickte dann mir zu, lächelnd, mit dem verschmitzten Ausdruck, der seine Augen zu schmalen Schlitzen zusammenzog.

In diesem Augenblick griff Pauls Hand nach der Weinkaraffe, die zwischen uns stand, schenkte mein Glas wieder voll und stieß leise klingend mit seinem Glas an das meine. Sein Blick war noch immer ernsthaft, kühl, hochmütig, trotzdem schwammen, gleichsam quer durch den kühlen Hochmut, einige sanfte Fische in diesem Blick.

Plötzlich merkte ich, dass er mehr getrunken hatte als sonst. Nicht an ihm merkte ich es, sondern an der Karaffe, die leer war, nachdem sie eben erst voll gewesen war.

Seine Hand lag auf dem Tisch und spielte mit Krümeln, die sie zusammenscharrte und wieder wegschob, die schönste Hand, die ich jemals im Leben gekannt hatte. Ich wurde, angesichts dieser Hand, sentimental, wie nur ein Backfisch vor hundert Jahren gewesen sein konnte. Jetzt hatten Backfische anderes zu tun als sentimental zu sein.

Im selben Augenblick bestellte irgendjemand Sekt. Der Schreck darüber verscheuchte die Sentimentalität. Paul und ich tauschten einen Blick herber Verzweiflung. Der Sekt ging über unsere Kraft … Wir saßen im teuersten Luxusrestaurant, da Gino darauf bestanden hatte, wir hatten nur billige Vorspeisen gegessen und uns mit kleinen Magenschwächen entschuldigt … Die Stimmung drohte neuerlich abzusinken. Es war reiner Galgenhumor, als Paul anfing, Wiener Lieder zu singen, in einem Wiener Dialekt, den kein Wiener jemals verstanden hätte.

Maniali lauschte hingerissen, dann winkte er dem Ober, tuschelte mit ihm, und als die Rechnung kam, bezahlte er mit so hohen Scheinen, dass er nicht nur für sich selbst bezahlt haben konnte. Für wen hatte er bezahlt? Für wen nicht?

Ich ertappte Akel, Marcella, Paul und mich dabei, dass wir interessiert auf den Rechnungsteller starrten, dann sahen wir gleichgültig zur Decke empor.

Paul rief mutig den Kellner heran und verlangte die Rechnung. Aber der Herr hatte alles bezahlt, lächelte der Kellner. Alles? Signor Maniali?

Aber ehe wir noch die gewohnten Worte: aber nein – aber ja – wir wollten doch, bitte – wechseln konnten, war Maniali, ebenso rasch und unauffällig wie er gekommen war, verschwunden.

Gino grinste. Maniali, sein Freund, mache es immer so. Er kam, hörte zu, amüsierte sich, zahlte und ging. Er sei, sagte Gino, einer seiner angenehmsten Freunde.

Wir nickten stürmisch. Marcella schwärmte: ein reizender Mann in seinem klugen Schweigen! Und wie blendend er sich amüsiert hatte.

»Serr amüsiert!«, sagte Gino ernsthaft. »Obgleich nicht versteht er eine Silbe von Deutsch!«

Wir starrten ihn verblüfft an. Wir hatten uns alle, von ihm ermuntert, geradezu überboten in Versen, Witzen, Erzählungen – wir hatten uns angestrengt, um vor ihm zu glänzen.

Gino begriff nicht, weshalb wir uns ärgerten. Maniali besäße eine der größten Fischkonservenfabriken Roms! Er sei ein Meister in seinem Fach.

Wir gaben ihm recht. Er hatte uns meisterhaft hereingelegt mit seinem Schweigen und seiner beglückten Heiterkeit. Er hatte uns, sagte Paul, meisterhaft veräppelt…

Gino bat, ihm das Wort zu übersetzen, aber Paul lachte nur

und stand auf. Immerhin, sagte ich, hat er auch meisterhaft bezahlt.

Angesichts dieses Arguments schien sich Marcella langsam zu beruhigen. Nur Akel bedauerte noch, die Geschichte vom Haifisch erzählt zu haben, die ihm stets Mühe machte, da er sich nur mit Grauen daran erinnerte.

Während des Mantelanziehens erholten wir uns allmählich, obwohl wir noch immer zusammenzuckten, wenn wir an den Biereifer dachten, mit dem wir unsere Pointen verspritzt hatten.

Nur Ginos Laune schien ungetrübt. Jetzt, sagte er mit glücklichen Augen, würden wir die Stadt sehen im Schmuck ihrer Lichter zu Ehren des Fests.

DER Name des Fests war so schwierig und umständlich, dass wir ihn nicht behalten konnten, aber als wir auf die Straße traten, war die Stadt von Ketten und Reihen von Lichtern übersät – von kleinen Öllampen, die in den Fenstern, auf den Balkonen und Treppengeländern brannten.

Marcella schrie auf vor Entzücken, aber heute störte mich ihr Entzücken nicht; ich lächelte nur sanft, als sie Pauls Arm nahm und drückte.

Der Tag war so gut zu mir gewesen, gütig und sorglich; er hatte Kummerfalten geglättet, Minderwertigkeitskomplexe so lange eingewiegt, dass sie erlöst schlummerten.

Ich dankte dem Tag von ganzem Herzen; ich hoffte, dass die kleinen Minuten, die eben vergingen, mich hören konnten, zum Zeitmeer liefen und dort erzählten, dass eine Frau, irgendeine, den Namen wussten sie nicht, sich bedankt hatte für den schönen Tag.

Jetzt klang vom Platz her, auf den wir zugingen, Musik herüber. Irgendeine Kapelle spielte auf dem Platz vor dem Colosseum, das aussah, als wären seine Umrisse und Fenster mit Lichtern in den Himmel gezeichnet.

Die Musik, die flatternden Flämmchen in dunklen Mauern, die Menschenmenge ringsum, alles das schien in Träumen zu liegen und abgetrennt von jeglicher Wirklichkeit. Nur Gino war diesmal ungeträumt und wirklich. Er kaufte Blumen von einem der vielen Blumenmädchen, die plötzlich dastanden, und überreichte sie Marcella und mir. Dann versorgte er mich mit Zigaretten und Feuer, holte von irgendwoher ein Bündel Zeitungen, legte sie auf die Böschung, die seitlich den Platz begrenzte, und bot mir auf diese Weise den einzigen Sitzplatz an, den er »in diesem teatro« finden konnte. Dann sah er lächelnd auf mich herab: Wie es mir ginge?

»Gut!«

»Besser als gestern?«

Darauf war schwer zu antworten. Ich setzte wieder das undurchsichtige Lächeln auf, das sich als praktisch erwiesen hatte. Gleichzeitig sah ich mich suchend um.

Paul zwängte sich langsam durch die Menschenmassen, er schien in der Menge unterzugehen, nur sein Kopf schwamm eine Weile obenauf. Dann schob sich ein Wagen dazwischen, und als er vorübergeholpert war, war Paul verschwunden.

»Paul ist weg!«, sagte ich und merkte selbst, dass ich nicht geistreich wirkte in meiner Verblüffung.

»Wird kommen zurück«, meinte Gino und setzte sich neben mich. Und obwohl ich es durchaus nicht unterschätzte, dass ein Mann wie Gino neben mir auf der Straßenböschung saß, konnte ich nicht umhin, ängstlich besorgt über die Massen hinzusehen.

Wo war Paul? Weshalb hatte er sich in die Fluten der Menge gestürzt, statt dazubleiben und der Musik zuzuhören …?

Sie spielten die Barcarole. Ich liebte sie sehr, ich ließ mir von keinem Musikintellektuellen einreden, dass sie abgedroschen sei.

Ich wollte sie mit glücklichen Ohren hören, als säße ich in einer Badewanne voll weicher, liebevoller Musik.

Ich versuchte, mich in die Badewanne zu denken, aber es half nichts, ich blieb unruhig und zerstreut. Leider konnte ich Paul weder nachjagen noch gluckenhaft nach ihm suchen. Ich musste tun, als sei es selbstverständlich, dass Männer sich gelegentlich im Sand verliefen.

Plötzlich dämmerte mir, dass ich den ganzen Tag schon versucht hatte, der Wahrheit nicht ins Gesicht zu sehen. Höchstens hatte mein Blick ihr Ohrläppchen gestreift. Die Wahrheit war schauerlich. Ich, die aus Gründen der Vorsicht und der Vernunft seit Langem mit Carlos' Königin ausrufen konnte: Ich schätze keinen Mann mehr!, ich hatte mich gleichsam auf Umwegen über Marcella und Gino – ich hatte mich in Paul verliebt.

Gleichzeitig registrierte ich, dass ich mich nicht verliebt haben *konnte*! Ich war zu besorgt um mein seelisches Wohlergehen, zu erpicht auf Behaglichkeit, Bequemlichkeit, zu erfüllt von Abneigung gegen innere Belastungen, ich konnte nicht wirklich dem Markt der Eitelkeit und des Wahnsinns verfallen sein!

Vermutlich handelte es sich um ein flüchtiges Flimmern, um eine Art Blitz, der mich gestreift hatte. Nach wenigen Stunden würde der Regen der Vernunft einsetzen und die Spuren des Blitzes verwischen.

Ich atmete ein wenig auf.

Als die Musik pausierte, gingen wir weiter die Straße entlang, voran Gino und ich, Marcella und Akel hinterdrein. Ich tat, als dächte ich nicht mehr an Pauls Verschwinden, aber ich hatte nicht mit Marcella gerechnet.

Sie kam mir gewissermaßen zu Hilfe, sie äußerte alles, was ich nicht äußern wollte. Wie sei es nur möglich, klagte sie aufgeregt und drehte suchend den Kopf nach allen Seiten; Paul war dagewesen, er hatte mit ihr gesprochen, dann war er plötzlich quer durch die Menge gerannt – vermutlich, um Blumen zu kaufen. Wir müssten ihn suchen, forderte sie erregt, sicherlich suchte er uns.

Sie rannte ein Treppchen hinauf und rief laut »Hälloh« und seinen Namen. Dann musste Akel sie hochheben, sodass sie auf dem Podest einer Laterne zu stehen kam. Von dort aus, weithin sichtbar, rief sie wieder »Hälloh«, sodass Leute heranströmten und sie erwartungsvoll anstarrten. Vielleicht glaubten sie, dass eine Erleuchtete predigen wollte, zu Ehren des Festes.

Als sie wieder heruntersprang, schien sie einige Zehen der Menge beschädigt zu haben, denn nun wandte sich das Volksgemurmel gegen sie. Marcella verteidigte sich: Weshalb schoben sie ihre Zehen so nahe heran? Sie konnte nicht sehen, wohin sie sprang im Dunkeln. Akel wollte verdolmetschen, aber das Volk liebte es nicht, auf die Zehen getreten zu werden, es war von alters her gewissermaßen sein wunder Punkt, und es protestierte laut.

Gino zog mich in eine Seitenstraße hinein. Ich fand es nicht gentlemanlike, Marcella und Akel im Kampf allein zu lassen, aber Gino lachte und sagte, es sei die beste Gelegenheit, zu entwischen. Er könne Frauen, die Hälloh schrien, nicht ausstehen, und außerdem wolle er das Capitol sehen in seiner Festbeleuchtung.

Dann lehnten wir an der Seitentreppe, sahen in die Lichter der Lampen auf dem Geländer und zündeten unsere Zigaretten an den feierlichen Flämmchen an.

Es lag eine Art von tiefer, freundlicher Kameradschaft in unserem Nebeneinandergehen. Gino wusste, dass ich Paul suchte im Stillen, also suchte er ihn auch.

Ein kleiner Schatten schloss sich uns an, eine dunkle Katze, die um unsere Beine strich, miauend und schnurrend, und aus grünleuchtenden Augen so flehend zu mir aufsah, dass ich sie auf den Arm nahm und streichelte.

Jetzt würden wir sie nie wieder los, sagte Gino. Aber die Katze hatte Hunger, ich sah es ihr an. Ich wollte in eine Trattoria und ein nettes Abendessen für sie kaufen.

Wir gingen durch dunkle Gassen, bergauf und bergab. Als wir die Trattoria fanden, erklärte der Kellner, dass die Küche geschlossen sei. Aber ich wollte nur Abfälle für eine Katze.

»Katze! Eh!«, sagte der Kellner angeekelt. Wenn man für alle Katzen in Rom Abfälle kaufen würde! Sie sollten Mäuse fressen, dafür seien sie da!

Wir gingen weiter, die Katze verließ uns nicht. Abwechselnd erzählten wir ihr, dass wir vorhatten, Abfälle zu kaufen oder Sandwiches, deren Wurstbelag sie bekommen konnte.

Endlich fanden wir eine Kneipe, die Sinn für hungrige Katzen hatte, ein freundlicher Kellner führte uns durch etliche Räume in die Küche, die stumm und leer dalag mit verschlossenen Schränken.

Aber im Garten säße ein Gast, sagte der freundliche Kellner, der Ravioli bestellt und nur zur Hälfte gegessen hatte, und er wolle die Ravioli abservieren und uns bringen.

Damit ging er in ein Höfchen hinaus, in dem einige Tische standen, auf denen Windlichter brannten.

Wir sahen ihm durch das Fenster nach. Vorsichtig näherte er sich dem einzigen Gast, der vor sich hinsang und murmelte. Offenbar war er »hinüber«. Vor ihm stand eine leere Weinkaraffe und ein volles Glas.

Der Kellner nahm geräuschlos die Schüssel vom Tisch und kam freudig zu uns zurück. Gino bezahlte den Rest der Ravioli, die die Katze gierig fraß, aber wir gingen nicht, wir setzten uns ebenfalls in den kleinen Hof.

Der Mann, der halb schlummernd »hinüber« war, war Paul.

WIR saßen ihm gegenüber, aber er erkannte uns nicht, jedenfalls nicht gleich. Das Erste, was Gino tat, war, dass er dem Kellner, der Pietro hieß, etliche Scheine gab und ihm anvertraute, der Herr hier sei eine hohe Persönlichkeit und sein bester Freund. Es sei ihm daran gelegen, ihn rasch nach Hause und in sein Bett zu kriegen – möglichst unauffällig.

Pietro nickte strahlend. Im Licht des Hofs hatte er Gino erkannt und wäre, auch ohne Scheine, bereit gewesen, den Rest der Nacht für ihn zu opfern.

Er rannte zum Telefon und rief pausenlos Nummern an, um ein Taxi zu bekommen. Aber die Taxis meldeten sich nicht.

»Das Fest!«, sagte er bekümmert, die Fahrer seien in solchen Nächten zu sehr mit dem Fest beschäftigt. Auf der Tiberinsel, auf dem Gianicolo, überall gäbe es Tanz und Musik!

Das Knarren der Nummernscheibe, das aus der Küche kam, störte Paul oder löste den Wunsch in ihm aus, selbst zu telefonieren. Er erhob sich und ging steif in die Richtung des Telefons. Dann bohrte er lange mit dem Zeigefinger in der Nummernscheibe herum und verlangte Frau Abel zu sprechen.

»W-wenn das läppische Weib schläft«, sagte er streng in den Apparat, »soll sie fo-sort, fo-sort geweckt werden! Benötige dringend den Schlüssel zur Garase.«

»Immer«, sagte er wehmütig und starrte uns kopfschüttelnd an, »wenn ich ein bisschen trinke, klinge ich diesen ekligen Zungensch… ek-ligen Zungenschlag.«

Er schien sehr stolz, dass er den Zungenschlag heraushatte.

Von Zungenschlag sei nicht das Geringste zu merken, tröstete ihn Gino; die Hauptsache sei, dass er so gut und aufrecht gehen könne – da leider kein Taxi zu bekommen sei.

Paul sah ihn verächtlich an: »Bin nicht bedrunken«, sagte er fest und ging an Gino vorbei zur Tür des Klosetts, die er aufriss, worauf er gedankenvoll davor stehenblieb. »Wie isses möglich«, sagte er traumverloren, »dass meine Zeusbüste – Zeusbürste – nich hier is – auch nicht mein Zeusputzglas?«

Wir versicherten ihm, dass Zahnbürste und Zahnputzglas zu Hause auf ihn warteten. Damit lotsten wir ihn zum Ausgang.

Aber die Straße gefiel ihm nicht. Gino gefiel ihm nicht. Er hielt sich an Pietro und hakte sich in ihn ein.

Gino und ich gingen an Pauls anderer Seite, und des Gleichgewichts wegen nahm ich Pauls Arm und hakte mich ebenfalls ein.

Paul blieb stehen. Er müsse sich orientieren, sagte er, um uns den Weg zu zeigen. Mit ernstem Blick sah er die Straße hinauf, hinunter, in die Seitenstraße hinein und entschied, dass wir geradeaus gehen müssten.

Damit zog er uns quer über die Straße und wieder zurück. Er hatte Riesenkräfte, und obwohl wir zu dritt gegen ihn ankämpften, zerrte er uns nach Belieben in die jeweilige Richtung. Wenn wir so weitermachten, sagte Gino, würden wir bestenfalls bei Tagesgrauen zu Hause sein.

Wir kamen zu einer Parkanlage und Paul schien entzückt. Er zog uns über den Rasen, stolperte über Rhododendrongebüsche und erklärte besorgt, dass er sich beinahe in einen Kaktus gesetzt hätte. Aber Kaktusse seien gefährlich, er hätte durchaus keine Lust, tagelang Kaktusdörner aus seinem Hintern zu ziehen.

»Bin sonst nicht pfindlich«, vertraute er uns flüsternd an, »einsig allein –.«

Er sah aus, als wolle er uns eine ganz große Eröffnung machen. Dann schnippte er mit den Fingern und ging darüber hinweg.

Immerhin, sagte Pietro ehrfürchtig, sei der Herr großartig, trotz seines piccola sbornia, und sehr freundlich. Es gäbe auch solche, die Stunk machten und mit den Fäusten losgingen.

Die Hauptsache sei, sagte Gino und sah ein wenig sorgenvoll

aus, dass wir ihn glatt durch die Hotelhalle und am Portier vorbeibekämen.

Pietro nickte stürmisch. Er ging sehr liebevoll mit Paul um; es schien eine Art Ehrensache für ihn, die Persönlichkeit anstandslos nach Hause und durch die Hotelhalle zu kriegen.

Wir waren an einem Brunnen angekommen, einem flachen breiten Becken, in das von allen Seiten Strahlen von kleinen glänzenden Wassern flossen.

Paul riss sich los und ging aufrecht, ohne zu schwanken, auf den Rand des Brunnens zu. Wir stürzten ihm nach, voll Angst, dass er geradewegs in den Brunnen steigen würde, aber vorläufig setzte er sich nur an den Rand des Beckens, nahm aufatmend die Krawatte ab und legte sie sorgfältig neben sich. Dabei sah er uns mit zutraulichem Rülpsen freundlich an.

Gino lockte mit weicher Stimme; er flehte ihn an, vom Brunnen wegzugehen, im Namen der armen Signora, die sich ängstigte …

Aber Paul dachte nicht an Signoras. »Alles in Ordnung«, sagte er zufrieden, »finde mich schon zurecht. Der Zungenschlag ist radikal weg«, erklärte er triumphierend, »war nur vorhin im falschen Basemizzer, aber dies ist das meine. Hätte gleich hergehen sollen, wozu der Umweg!«

Damit bückte er sich und zog mit eleganter Bewegung Schuhe und Socken aus, dehnte die Zehen und fühlte sich anscheinend behaglich.

Gino und ich sahen ihn hilflos an. Aber nun zeigte es sich, dass Pietro Übung hatte, mit hohen Persönlichkeiten umzugehen. »Verzeihung«, sagte er sanft, »der Herr irrt, er befindet sich irrtümlich in meinem Badezimmer! Wenn der Herr die Freundlichkeit hätte, sich ein paar Schritte weiterzubemühen.«

Paul seufzte, nahm Schlips, Socken und Schuhe in die Hand und bemühte sich weiter. Das Gehen auf bloßen Füßen schien ihm keine Schwierigkeiten zu machen, er tappte vergnügt dahin, anscheinend hatten die Schuhe ihn gedrückt.

Der Gegensatz zwischen dem schwarzen Anzug und den weißleuchtenden Beinen bedrückte uns. Wir müssten den Herrn dazu bringen, die Schuhe wieder anzuziehen, flüsterte Pietro ängstlich, Eden sei ein erstrangiges Hotel.

Auf der Piazza d'herbe schien ihm ein Einfall zu kommen. Er blieb stehen und zog umständlich eine Zigarette aus der Brusttasche seines Kellnerfracks, sah sie zögernd an und schob sie wieder zurück. Paul gähnte nur leeren Blicks. Aber als Pietro zum dritten Mal stehen blieb, die Zigarette betrachtete und wieder einsteckte, kam mehr Leben in Pauls Blick. Er fing an, sich für Pietros Zigaretten zu interessieren. Weshalb steckten sie lose im Frack, ohne Packung oder Etui?

Pietro erklärte, dass Gäste ihm dann und wann Zigaretten schenkten, die stecke er dann in die schmale Tasche, sorgfältig aufgereiht. In der Brusttasche blieben sie frischer als in jedem Etui. Man schwitzte ein wenig, man feuchtete den Tabak stets ein bisschen an.

Zum ersten Mal, seit wir ihn wiedergetroffen hatten, wandte sich Paul an mich und befahl mir streng, dem freundlichen Pietro meine sämtlichen Zigaretten zu schenken. Ich zog folgsam die Packung heraus, aber Pietro nahm sie nicht. Er sei reichlich bezahlt fiir den Abend, vielen Dank, nein, Signor Checchio habe ihn reichlich bezahlt

Außerdem, rief er dramatisch aus, und blinzelte mir und Gino zu, wie könne er sich den Luxus erlauben, zu rauchen, in Gegenwart eines freundlichen frommen Mannes, der barfuß liefe – sicherlich um sich selbst zu erniedrigen, zu kasteien!

Paul starrte ihn verblüfft an, sah auf seine Beine hinab, nachdenklich und verwirrt. Anscheinend überlegte er, ob er tatsächlich ein frommer Mann sei, der sich kasteien wollte ... Aber dann grinste er plötzlich und schüttelte den Kopf. Vielleicht hatte er Pietros Trick durchschaut. Jedenfalls sträubte er sich, die Schuhe wieder anzuziehen.

»Froh, dass sie los bin«, erklärte er heiter, »schmeiße die albernen Dinger weg.«

Damit nahm er einen der Schuhe, hielt ihn in Augenhöhe, als wolle er zielen, und warf ihn über den Platz. Der Schuh flog in ein offenes Kellerfenster hinein, wir hörten ein leises Klirren – und gleich darauf eine Männerstimme, die in allen Tonarten fluchte.

Pietro stürzte zum Kellerfenster, um den Schuh wiederzukriegen. Der fluchende Mann zeigte sich nicht, aber als wir näher kamen, lehnte ein sanfter blonder Engel im Fenster. Der Engel war spärlich bekleidet, aber das störte weder ihn noch uns. Selbst Paul erwachte ein wenig und betrachtete interessiert das zarte Gesicht mit den lächelnden Augen, das helle Haar, das in geteilten Strähnen über die schöne aufrechte Rundung der Brust fiel.

Die junge Frau hielt den Schuh in der Hand, sah auf Pauls blanke Beine und sagte sanft, ohne jeden Vorwurf: »Warum hast du ihn hereingeschmissen? Er hat unser Töpfchen zerbrochen, wir haben nur eines, wir benützen es gemeinsam.«

Gino und Pietro, von ihrer zarten Anmut gerührt, versicherten gleichzeitig, dass sie *zwei* Töpfchen bekommen würde! Auch Paul nickte heftig, zog seine Brieftasche heraus, sah nachdenklich hinein und steckte sie wieder ein.

Sie wolle die Herren nicht übervorteilen, sagte die junge Frau mit ihrem reizenden Lächeln, zwei Töpfe brauchten sie nicht, einer genüge vollkommen, aber da der eine hereinkrachende Schuh sie so sehr erschreckt habe, wolle sie nun auch den zweiten haben!

»Den sweiten und nochen sweites Paar«, rief Paul glückstrahlend aus. Aber er hatte nicht mit Pietro gerechnet. Von Pietros Gesicht war jede Anbetung des Engels verschwunden, er war keineswegs geneigt, Schuhe, die sein Herr weggeworfen hatte, dem Kellerengel zu überlassen.

Verdammte Katze, fluchte er, und das war nicht das Einzige, was er fluchte. Der Engel fluchte kräftig zurück. Aus der ätherischen Schönheit war im Augenblick eine durchaus reale, erdnahe Zeitgenossin geworden, die Pietro mit Schimpfworten überschüttete, sich zwischendurch blitzschnell auf das Fensterbrett schwang und nach dem zweiten Schuh griff.

Aber Pietro schlug ihr den Schuh über die Ohren und schrie gellend nach der Polizei. Wir anderen standen ziemlich einfältig daneben, der Kampf hatte sich zu rasch entwickelt.

Bei dem Wort Polizei spuckte der Kellerengel Pietro ins Gesicht – gab aber den zweiten Schuh heraus. Jetzt verlangte sie nur noch das Geld für das Töpfchen …

»H…, verdammte«, sagte Pietro verächtlich, nahm Pauls Arm und zog ihn vom Fenster weg. Gino steckte noch rasch einen Geldschein in die ausgestreckte Hand des kreischenden Engels. Es war nachgerade peinlich, wie viele Scheine Gino für uns opferte. Ich sagte es ihm, aber er lächelte nur zerstreut.

Ich nahm an, dass die blonde, formvollendete Schönheit mit ihrem Lächeln, ihrem Schimpfen, Kreischen und Fluchen ihn entzückt hatte. Aber Ginos Neugierde galt dem Mann, der während der ganzen Szene in seiner Kellerstube hörbar geschnarcht hatte.

»Sie wollte die Schuhe für diesen Mann«, sagte Gino und wandte mehrmals den Kopf zurück. »Da plagt sich das kleine Ding, um Schuhe für ihn zu ergattern, sie springt splitternackt auf das Fensterbrett, schlägt sich mit Pietro herum – und der Mann schläft oder … jedenfalls mengt er sich nicht ein!«

Es sei typisch für dieses Volk, sagte er nachdenklich, dass Männer für ihre Ehefrauen so wenig Teilnahme aufbringen könnten. Solange sie sie begehrten, seien die Frauen alles … Liebe sei alles – Ehe sei Pflicht und nichts weiter. »Sie sind aufrichtig in ihren Gefühlen, sie verbergen nichts. Es liegt unsäglich viel Romantik in dieser Liebe zur Liebe, und ebenso viel Romantik in der Ehrlichkeit, mit der sie zugeben, dass die Liebe zu Ende ist …«

»Ihr seid anders. Aber vorhin der Schuh – er war gut gezielt und ist knapp an meinem Ohr vorbeigeflogen –, dein Freund Paul ist eifersüchtig.«

»Keine Spur«, sagte ich eiligst. Ich drängte vorwärts, um Paul und Pietro einzuholen.

Sie lehnten einträchtig an einer Hausmauer, und Pietro redete auf Paul ein, der aber nicht zu hören schien. Er wollte die Straße wissen, in der das Kellerfenster gelegen hatte. »Will dem guten Nackedei meine braunen Schuhe bringen«, erklärte er sanft. Und alle Welt – alle Welt möge ihm verzeihen, schluchzte er plötzlich, auch Gino möge verzeihen! »Konnte dich plötzlich vorübergehend nicht ausstehen!«, sagte er kopfschüttelnd, voll Kummer über sich selbst.

Aber Gino versicherte mit unfasslichem Ernst in Haltung und Stimme, dass er nicht einen Augenblick gekränkt gewesen sei. Plötzlich merkte ich, dass auch Gino nicht nüchtern geblieben war. Da weder Grapefruits noch Orangen dagewesen waren, hatte er in Pietros Gastgarten mehr als einen Schnaps getrunken.

Er umarmte Paul und hielt eine Art Ansprache, in der mehrfach von brüderlich ähnlichem Denken die Rede war und von der alles überbrückenden Liebe zur Kunst.

Paul redete ähnlichen Unsinn, und fast nach jedem Wort schüttelten sie sich begeistert die Hände. Von da an schienen sie die besten Freunde. Paul hakte sich in den kleineren Gino ein, und nun sah es aus, als stütze der schwankende Paul den Freund, den er mit jedem Schritt ein wenig emporzog, sodass er Gino zu langen hüpfenden Schritten zwang, als springe er dauernd über Pfützen weg.

Pietro vertraute mir an, dass er beschämt und bekümmert sei und sich schwere Sorgen mache. Er hatte versagt. Zum ersten Mal sei es ihm nicht gelungen, einen etwas – ein wenig – angetrunkenen Gast in guter Haltung nach Hause zu bringen.

Als wir nahe an das Hotel herangekommen waren, hob Pietro noch einmal bittend die Schuhe empor und flehte Paul an, sie anzuziehen. Ein Hotel ersten Ranges –.

»Schisse darauf!«, sagte Paul. Es klang unglaublich vornehm, dass er schisse sagte, statt des üblichen Doppelvokals. Er nahm Haltung an. Vor der Tür des Hotels straffte er sich, lächelte gewinnend und sah elegant, hochaufgerichtet und völlig nüchtern aus.

Als die Schritte des Nachtportiers von innen herankamen und das Tor sich öffnete, schob Pietro die Schuhe unter den Frack. Er war kreidebleich und zitterte vor Besorgnis. Einerseits wollte er, aus Bescheidenheit, draußen bleiben, aber gleichzeitig wollte er weder Paul noch Gino im Stich lassen. Ich redete ihm zu, mitzukommen, noch ein kleines Glas zu trinken, zum Dank für seine Mühe … Pietro nickte und schüttelte den Kopf gleichzeitig – sein Frack sei nicht vornehm genug, aber andrerseits …

Während wir noch hin und her redeten, gingen Paul und Gino heiter plaudernd und völlig unangefochten durch die Drehtür hinein.

Ich war es, die der Portier missbilligend ansah, ich und neben mir Pietro im Kellnerfrack … Wir machten den Eindruck, keineswegs nüchtern zu sein, ich, die beinahe stolperte über Pietro, der vor Diensteifer in das gleiche Abteil der Drehtür geriet und Pietro, dessen Frackbrust die Wölbung der Schuhe, die er darunter verbarg, nur schlecht vertrug.

Der Portier stand da, erhaben, ernst, schläfrig, und sah verächtlich auf uns herab.

ALS wir in die Halle traten, waren Gino und Paul im Lift verschwunden. Pietro atmete auf, sein Gesicht verklärte sich, er lachte und kicherte und freute sich kindlich darüber, dass die Sache – trotz allem – so gut geklappt hatte.

Er sei von Herzen froh, sagte er strahlend, dass Signor Checchio seinen besten Freund mühelos durch die Halle gebracht hatte, ohne Aufsehen, ohne peinliches Ärgernis von Seiten der Direktion … Anzunehmen, dass Signor Checchio noch einmal zurückkommen würde, um zu berichten, dass sein Freund ohne Zwischenfall im Zimmer gelandet sei.

Wir setzten uns in die dunkelste Ecke der Halle. Ein Kellner kam und sah uns fragend an. Ich bestellte, in Erinnerung an die freundliche Wirkung, die von ihm ausgegangen war, zwei Martini für Pietro und mich. Aber Pietro hob den Blick, schüttelte den Kopf und bat schüchtern, ob er statt des Martini ausgepresste Grapefruit bekommen könnte, dieselbe, die Gino bei ihm bestellt hatte und die leider nicht vorrätig gewesen war.

Ich verstand, dass er noch nie Grapefruit getrunken hatte und dass er das Lieblingsgetränk Ginos versuchen wollte.

Als die Grapefruit kam und Pietro andächtig kostete, merkte ich, dass er sich alle Mühe gab, nicht den Mund zu verziehen. Er sah sehr erstaunt und verwundert aus. Dann trank er das Glas aus, rasch, wie man bittere Medizin verschluckt, und versicherte, dass es ein merkwürdiges, aber großartiges Getränk sei. Und sicher gesund, da man es sonst kaum trinken würde, fügte er nachdenklich hinzu.

Im gleichen Augenblick kam Gino von oben zurück. Pietro schnellte von seinem Sessel empor.

Alles sei bestens in Ordnung, erzählte Gino, Paul habe sich überreden lassen, zu Bett zu gehen. Zuerst habe er draußen schlafen wollen, im Liegestuhl auf dem Balkon, und es habe noch Schwierigkeiten gegeben mit dem Geländer, das er unbedingt übersteigen wollte … Dann aber, nach einigem Zureden, hätte er plötzlich kehrtgemacht, sei auf sein Bett gesunken – und nun schlafe er fest.

Pietro lächelte erfreut – und hielt dabei, sichtlich befangen, immer noch Pauls Schuhe unter dem Frack an sich gedrückt.

Was mit ihnen nun werden solle, fragte er zaghaft und senkte den Blick. Soviel er verstanden hätte, allem Anschein nach hätte der Herr sie weggeworfen – auf die Straße geworfen.

Und nun könne er sie behalten, natürlich, sagte ich mit aller Festigkeit, die ich aufbringen konnte. Ich hatte zwar nicht das Recht, Pauls Sachen zu verschenken, aber auch Paul hätte der kindlichen Sehnsucht in Pietros Augen nicht widerstehen können. Es waren mattlederne Pumps mit Lackstreifen vorne und an den Rändern.

Pietro drückte sie, unter dem Frack, fest an die Brust. In seinem Blick lagen Weihnachten, Ostern, Pfingsten und alle Feiertage zugleich. Sie würden zu groß sein für seine schmächtigen Füße, aber er würde Papier und Watte in die Spitzen schieben und sie an vielen Sonntagen seines Lebens tragen, hoffte ich.

Als er zur Tür ging, trat er so zart und schwebend auf, als trüge er die kostbaren Mattledernen schon an den Beinen.

JETZT wir beide«, sagte Gino und setzte sich zu mir. Im gedämpften Licht der Ecke hatte ich wiederum das Gefühl der Unwirklichkeit und des Traums. Aber diesmal war Gino nicht nüchtern wie in der Bar; er erzählte umständlich, dass er seit fünfeinhalb Monaten keinen Alkohol getrunken hatte, aber heute sei der

Abend des Alkohols, und da er angefangen hatte zu trinken, würde er – heute – auch weitertrinken.

Der Kellner kam wieder an unseren Tisch, und Gino wollte Gin haben, Whisky, Kognak und Wermut, aber nicht gemischt, sondern nebeneinander.

Er zog ein Telegramm aus der Tasche und reichte es mir hin. Ich konnte den Text nicht lesen, der italienisch geschrieben war, aber ich erriet ungefähr, was er bedeuten sollte.

»Du fährst weg?«, sagte ich, möglichst unberührt, und schob ihm das Telegramm wieder zu.

»Würde nicht fahren, wenn müsste nicht! Aber beginnt übermorgen die neue Arbeit. In Munique«, sagte er in fremder Aussprache des Wortes. »Darum dieser Abend ist letzter mit dir, einstweilen. Vielleicht sehen uns wieder. Glaube sicherlich fest. Aber vorläufig – trinke zum Abschied!«

Das Wort Abschied rührte mich. Ich gab, vor mir selber, zu, dass es kindisch war, sich von abgenützten Worten rühren zu lassen, aber ich konnte es vorläufig nicht ändern. Später, wenn ich gänzlich alt, restlos alt geworden war, konnte ich immer noch zur Vernunft kommen und über Worte wie Abschied, Heimweh, Wiedersehen, Friede auf Erden und ähnlichen Unsinn erhaben lächeln. An diesem Abend konnte ich es nicht.

Ich sah in die dunkel-traurigen, lächelnden Augen Ginos und dankte ihm innerlich, für die Freundschaft, die er mir hielt, für das vertraute Einvernehmen, das es zwischen uns gab.

Ich hatte Männer gern, Männer im Allgemeinen; ich kannte sie besser, als ich Frauen kannte, ich sprach gerne mit ihnen; ich mochte die dunklen Stimmen, die freundliche Worte sagten und es zuwege brachten, dass man sich wohl und glücklich fühlte und ein wenig geborgen in ihrer Bereitschaft, das eigene Ich zu bejahen, zu lieben und ein wenig zu überschätzen.

In etlichen Jahren würden die Stützen des Ichs, der Eitelkeit, der Sehnsucht und Zärtlichkeit immer seltener werden – und eines Tages gänzlich verschwunden sein.

Männer wie Gino würden bestenfalls bereit sein, der lebhaften alten Dame, die so entzückt applaudiert hatte, ein Autogramm zu spenden …

Bei diesem Gedanken sandte ich eiligst den Tränenpfropfen, der mir im Hals steckte, in die Tiefen des Schranks zurück. Ich hatte, in aller Gemütlichkeit und ohne es zu merken, drei Martini getrunken, und Gino schob mir den vierten zu. Er selbst war beim Wermut angelangt, nachdem er Gin, Whisky und Kognak hinter sich gebracht hatte, und bestellte dieselbe Runde noch einmal, für sich und mich.

Er nahm meine Hand in die seine und erzählte von seinem Haus in Palermo. Dort wohnten seine Kinder, ein Knabe und ein Mädchen, sieben Katzen, ein Kindermädchen und eine Haushälterin.

»Und deine Frau?«

Gino verzog den Mund. Keine gute Frau. Sie hatte niemals verstehen können, dass ein Mann wie er oft wochen- und monatelang keine Zeit für sie haben konnte. Aber hatte sie sich mit den Kindern beschäftigt? Keineswegs. Sie hatte nur dagesessen, geseufzt und sich mit Bridgepartien getröstet. Außerdem war sie langweilig gewesen, eine hübsche Frau, aber langweilig, ein Schmuckstück in seinem Haus, ohne jeglichen Sinn. Er hatte sie an die Luft gesetzt und zahlte hohe Summen dafür, dass sie getrennt von ihm lebte. Nach den Kindern hatte sie anscheinend keine Sehnsucht.

»Ist nicht genug für Frau, zu lieben ihre Kinder?«

Ich bestätigte es, aber ich fügte hinzu, dass es Frauen gab, die sich mit Kindern allein nicht trösten konnten. Sie sehnten sich nach dem Mann, den sie liebten; sie wurden unglücklich, wenn sie allein dasaßen und Lätzchen strickten.

»Dafür ist gut, zu haben Beruf«, sagte Gino eifrig, »Beruf und Kinder, damit ist gefüllt der Tag!« Und käme der Mann heim, fände er eine heitere Frau, vergnügt, fröhlich, in »Laune wie Honig«, nicht Essig!

Er schüttelte sich bei dem Gedanken an Laune wie Essig. Im Stillen dachte ich, dass auch Gino die Romantik der Ehrlichkeit besessen haben mochte. Sicherlich hatte er deutlich merken lassen, dass Ehe Pflicht sei, und weiter nichts.

Aber ich sprach es nicht aus. Zu dieser Zeit waren wir beide schon reichlich betrunken. Wir sprachen nur mehr vom Abschied, der uns bevorstand.

»Serr glücklich, zu haben gelernt dich kennen«, sagte Gino umflorten Blicks, »du hast Arbeit, Beruf, du seufzest nicht, immer Laune wie Honig ...«

Ein grundlegender Irrtum, aber ich widersprach ihm nicht. Ich würde genug Grund zu seufzen haben, wenn die Tage der Pilgerfahrt zu Ende sein würden und ich zu Hause saß, brütend über dem Rätsel, weshalb andere Frauen Geld verdienten und sorglos lebten ... Herr Hicks fiel mir ein, dem Paul geschrieben hatte, zu spät geschrieben; in diesem Augenblick wusste ich, dass Pauls Brief zu spät gekommen war ... Hicks hatte die Arbeit längst vergeben –.

Plötzlich vergaß ich die Laune des Honigs und fing zu schluchzen an. Die Tränen liefen mir über das Gesicht, ich wischte sie weg, aber es waren so viele, dass das winzige Taschentuch nicht ausreichte.

Paul würde mit anderen arbeiten; er hatte zu spät geschrieben; er lag oben in seinem Bett und schlief und wusste nicht, dass ich seit Langem krank war vor Sehnsucht nach der Gemeinsamen, die er aus Gleichgültigkeit verpasst hatte. Zuletzt hatte er zugesagt, aber nur aus Gutmütigkeit, nicht aus dem brennenden Wunsch heraus, die Arbeit mit mir zu teilen, mit keinem sonst …

Und hier saß Gino, der Wert darauf legte, mit mir zusammen zu sein. Aus unbegreiflichen Gründen. Aber jedenfalls legte er ihn, den Wert. Ich war völlig betrunken.

Gino wischte und küsste abwechselnd die Tränen von meinen Wangen weg. Er dachte, dass ich des Abschieds wegen schluchzte; und die Frau, die nach vielen Stunden glänzender Selbstbeherrschung zuletzt die Fassung verlor und weinte, passte zu seiner Vorstellung einer Romantik, die zärtlich, sanft, heiter und dennoch schwermütig war und ein wenig im Nebel blieb …

Ich trocknete die Tränen so gut es ging; ich fasste mich und griff nach der Puderdose – das sicherste Zeichen aller Frauen, dass sie den ärgsten Gram überwunden hatten –; ich hatte die Puderquaste in der Hand und sah im Spiegel, dass der Nachtportier ein Gesicht machte wie Hunde, die bei Donnerschlägen zusammenfuhren und dann starr, geduckt dahockten mit Augen, als sähen sie Gespenster.

Ich drehte mich um. Paul kam vom Lift her, quer durch die Halle und auf den Ausgang zu mit verwirrtem Haar, im zerknitterten schwarzen Anzug und barfuß, wie wir ihn verlassen hatten.

Er ging ziemlich aufrecht durch die Drehtür und rüttelte draußen an der Eingangstür. Der Portier stürzte ihm nach. Keineswegs würde er dem armen Schlafwandler das Tor öffnen und ihn draußen seinem Schicksal überlassen. Wir hörten ihn laut und beschwörend auf Paul einsprechen, aber dann sah ich, undeutlich durch das Glas der Drehtür, dass Paul in der Brieftasche herumfingerte und. etliche Scheine hervorzog.

Dann öffnete sich das Tor, schloss sich wieder, der Portier kam zurück und zuckte bedauernd die Achseln. Er hatte den Schlafwandler bewahren wollen, aber der Herr hatte den festen Willen gezeigt, draußen zu wandeln.

Gino versuchte aufzustehen, noch einmal die Mühen des Einfangens und Abschleppens auf sich zu nehmen, aber das rasche Aufstehen misslang ihm. Betrübt stellte er fest, dass ein wenig Alkohol ihn hinderte, seinem besten Freund beizustehen.

Ein Glück, dass Pietro die Enttäuschung nicht miterlebte. Umsonst hatten wir uns abgeplagt, Paul durch die halbe Stadt zu schleppen. Ebenso gut hätten wir ihn in Pietros Garten seinem Schicksal überlassen können.

Gino und ich sahen uns an, ein wenig ernüchtert. Die Rührung des Abschieds, der wir uns herzhaft hatten hingeben wollen, schien unterbrochen durch Pauls Auftritt und Abgang. Hoffentlich begleite ihn der Schutzengel des Weines, sagte Gino besorgt. Aber in diesem Augenblick hoffte ich nur, dass auch mich der Schutzengel begleiten würde – durch die Halle zum Lift und zur Tür meines Zimmers.

Im Lift stützten wir uns gegenseitig. Dadurch kam wieder etwas mehr Schwung in den gerührten Abschied. Wir gingen Arm in Arm mit betont festen Schritten durch den Flur. Vor meiner Tür standen wir, teils der Sicherheit, teils des Abschieds wegen, Hand in Hand.

Ich sah Gino an, ich prägte mir das Ebenmaß ein, den Mund, der ein wenig zu breit war und mit den blassroten Lippen an sanft geschwungene Flügel erinnerte, die Augen mit ihren dichten Wimpern, die kleine Schatten auf den unteren Lidrand warfen.

»Auch heute keine Anlass zu geben deine Lippen auf die meinen?«, fragte Gino und sah mich lächelnd an.

»Doch«, sagte ich, aber es war das letzte Wort, das ich sagte. Ich neigte mich nur ein wenig vor, aber dieses Neigen war nicht vorteilhaft für den Engel des Weines. Ich spürte noch, dass die blassroten Flügel sich leicht und fest zugleich auf den Mund, der nicht mir zu gehören schien, niederließen; ich spürte aus weiter Ferne die Wohltat des Flügelpaars, dann begann der Flur, die Tür und das Licht über mir sich pausenlos zu drehen – ich konnte die Tür fassen, aufreißen, hinter mir schließen, das Licht anknipsen, dann rannte ich ohne Rücksicht auf Tisch und Stühle auf den Balkon, legte mich flach auf den Boden und riss die Augen weit auf.

Wenn ich die Augen offen hielt und genügend Luft schluckte, konnte ich möglicherweise dem sausenden Drehen entgehen. Die Übelkeit saß im Kopf, im Magen. Der Engel des Weines schonte mich nicht; er trieb mir den kalten Schweiß auf die Stirn, ließ mich ächzen und stöhnen und jagte ein Kaleidoskop von Blitzen und Bildern an mir vorbei …

Ich sah Paul, der im Brunnen lag; ich sah ein volles braunleuchtendes Glas Martini und wandte mich schaudernd ab. Wenn ich die Augen schloss, kreiste das Dunkel in mir mit unerträglichem Schwanken. Wenn ich aufstand, würde ich ohne viel Aufhebens über die Brüstung kippen, dachte ich. Und plötzlich, inmitten des Tumults der Übelkeit, lächelte ich. Ich hatte keine Lust, zu kippen! Trotz der Martern, die mir der Engel des Alkohols auferlegte, fand ich das Leben anmutig, reich, beglückend und jedenfalls wert, noch eine Weile gelebt zu werden.

Ich dachte an Paul, ich ängstigte mich um ihn; dann wieder hoffte ich, dass er heil und gesund heimkommen würde. Und dann dachte ich noch, dass morgen alle unsere Freunde, Marcella, Akel und Gino abreisen und Paul und ich wieder allein sein würden. Wir würden die Folgen des Weines spüren und uns wenig wohlfühlen, aber Tonios Geld würde ankommen.

Ich kroch auf allen vieren ins Zimmer zurück und schob mich vorsichtig auf das Bett. Ich konnte die Augen nicht länger offen halten, auch wenn das sausende Drehen das Schlimmste war, was ich ertragen konnte.

Als ich die Decke über mich zog, schwor ich, nie wieder ein einziges Glas zu trinken. Ich stand, von Zeit zu Zeit, vor einem Richter im blauen Talar, dem ich schwor, nie wieder zu trinken, nie wieder traurig zu sein. Nie wieder in Sorgen zu versinken, solange die drei einzig ernst zu nehmenden Krs, Krieg, Krebs und Krankheit, von mir fernblieben. Ich schwor noch vieles, sooft der blauleuchtende Richter von seiner Drehscheibe herab auf mich zukam.

AM nächsten Morgen erwachte ich mit dem Gefühl, dass mein Kopf mit lauwarmer Milchsuppe gefüllt sei. Die Suppe schmerzte, sooft ich den Kopf bewegte.

Ich riss die Augen auf, um auf die Uhr zu sehen, aber die Uhr war stehengeblieben. Es konnte nicht zwei Uhr morgens sein, da das Tageslicht hell durch die Fenster schien, auch nicht zwei Uhr mittags, so lange hatte ich nicht geschlafen.

Plötzlich hörte ich Stimmen nebenan, Marcellas Stimme; ich verstand jedes Wort. »Wie entsetzlich traurig, dass Sie nun krank geworden sind und zu Bett liegen! Ich hätte Sie gern gepflegt. Ich bin eine gute Krankenschwester, fragen Sie Akel, ich kann sieben Nachtwachen überstehen! Aber nun drängt es ihn von Rom fort, und da ich ja doch an ihn gebunden bin … aber versprechen Sie mir, zu schreiben; wir müssen uns wiedersehen; die Tage waren zu schön … es sind Festtage, Feiertage, in denen zwei Menschen einander so gut verstehen …«

Ich wartete auf Pauls Antwort, aber ich hörte nur ein dumpfes Murmeln.

Auch Marcella nahm Abschied.

Möglicherweise war es doch zwei Uhr nachmittags. Paul lag

anscheinend im Bett wie ich; auch er hatte Milchsuppe im Kopf, die vermutlich schmerzte.

Als Marcella gegangen war, versuchte ich aufzustehen. Anfangs fand ich es wenig vergnüglich, aber der Gedanke an heißen Kaffee tröstete mich. Ich klingelte nach dem Frühstück, dabei kam ich am Spiegel vorbei und schrak zusammen. Was hatte die Nacht aus mir gemacht! Glücklicherweise hatte ich nicht Zeit, darüber nachzudenken, denn aus Pauls Zimmer hörte ich sanftes Stöhnen.

Ich zog den Morgenmantel über, sah am Spiegel vorbei und ging hinüber. Paul lag im Bett, sein Gesicht hatte die Farbe des Frühlings: hellstes Grün von jungen Blättern. Er litt an Übelkeit und Kopfschmerzen, sah mich traurig an und schloss wieder die Augen.

Dann fragte er matt, ob das Geld gekommen sei. An mich war es nicht gekommen, aber möglicherweise sandte Tonio das Geld an Pauls Namen, da der Schein beigelegen hatte.

Wir verbrachten den Tag damit, abwechselnd den Telefonhörer zu nehmen und beim Portier anzufragen, ob Geld für uns gekommen sei. Von Mal zu Mal, sooft wir hörten, dass keines gekommen war, wurden wir wieder ein wenig kränker.

Aber Tonio musste es abgeschickt haben, er hatte es feierlich zugesagt und versprochen. Paul zuckte die Schultern und deutete damit an, dass meine Freunde nicht unbedingt zuverlässig zu sein brauchten; es konnten auch dunkle Typen sein, die Geld versprachen, aber nicht sandten.

Zwischendurch fingen wir an, uns gegenseitig zu fragen, wie wir den Rest der Nacht verbracht hatten. Aber zu einer richtigen Antwort kam es nicht; es war anscheinend noch zu früh, um heiter plaudernd von restlichen Nachterlebnissen zu berichten.

Als es dämmerte, waren wir körperlich so weit hergestellt, dass wir mit nagendem Gewissen – da die Rechnung im Eden sich häufte, während das Geld nicht kam, sie zu bezahlen, mit bedrücktem Gewissen in den Speisesaal gingen und aßen. Es schmeckte uns trotz des Gewissens. Wir waren körperlich wieder auferstanden, aber unsere Seelen lagen in finsteren Schächten und warteten auf den Augenblick der Befreiung.

DIE nächsten Tage vergingen in weiteren und noch tieferen Schächten. Das Geld kam nicht; wir saßen in Rom fest, und jeden Abend, nach sechs, wenn wir sicher waren, sie nicht mehr antreffen zu können, beschlossen wir fest, am nächsten Tag zu einer der Firmen, die Paul kannte, hinzugehen, die Lage zu schildern und um Geld zu bitten. Nichts schien einfacher als das, abends betrachtet. Morgens und tagsüber wichen wir diesem Vorhaben sorgfältig aus. Paul wich aus – er fand Gründe, die das Auftauchen gerade an diesem Tag und in dieser Firma ungünstig schilderten.

Zwischendurch kam ein Telegramm an Paul. Er riss es auf, las es einmal, zweimal und steckte es wortlos ein. Dann kam ein Brief, den er nur einmal las und ebenso wortlos zerriss und in den Papierkorb warf. Es waren sehr kleine Stücke, in die er den Brief zerriss, und ebenso klein waren die Bruchstücke, mit denen er nach und nach den Inhalt des Briefes und des Telegramms erzählte.

Ich konnte es erst nicht glauben, aber auch Paul hatte begonnen, in den Anfängen einer Pechsträhne zu stecken. Paul, der nur immer der große Klaus gewesen war, dem alles gelang, während ich der kleine Klaus war, dem vieles, fast alles Glückhafte nur immer vor Augen stand und wieder verschwand …

Nun waren wir beide kleine Kläuse, wir saßen mit Wurstbroten und Käse in Sant' Onofrio, tagelang, und brüteten über Missgeschicke, die uns getroffen hatten. Pauls Telegramm und Brief hatten die Nachricht gebracht, dass Projekte, die Paul für sicher gehalten hatte, verschoben worden waren. Verschoben bedeutete, dass sie aus unerfindlichen Gründen nicht zustande gekommen waren und niemals zustande kommen würden.

Auch Hicks schien die Arbeit verschoben zu haben. Er sandte nicht eine Zeile, weder Brief noch Telegramm.

Nun stand es für Paul nicht so, dass er brotlose Tage zu fürchten hatte. Aber in einer der dunkelsten unserer dunklen Stunden vertraute er mir an, dass seine letzte Arbeit, trotz bester Kritiken, nicht den Erfolg gehabt hatte, den sie hätte haben sollen. Es gab Stimmen, die gegen sie sprachen und die strenge neue Form inmitten des alten Platzes missglückt fanden.

Und da alle Menschen, die mit Formen, Farben, mit freien Künsten und ähnlichen Glücksspielen beschäftigt waren, ausnahmslos dazu neigten, das Schlimmste vorauszusehen, fing auch er an, Mauern von Sorgen um sich aufzutürmen, Omen zu sehen, schlechte Omen, die sich bewahrheiten würden. Wenn die Pechsträhne begonnen hatte –.

Das Wetter in uns hatte sich tief mit schwarzen Wolken bedeckt, aber das Wetter um uns war strahlend hell.

Eines Morgens nahm Paul die leichtesten Schuhe aus dem Schrank, die braunen, die er dem Kellerengel schenken wollte (falls er nicht vorher gezwungen war, sie selbst zu verkaufen); und in der Spitze des einen Schuhs fand er zu seinem Erstaunen den Hundertmarkschein, den er vergessen hatte, mir – zum Zweck des Schmuggelns – zu übergeben. Paul starrte den Schein verzückt an. Er rettete uns nicht, aber er war gewissermaßen ein Lichtblick im Einerlei des dumpfen Brütens.

Wir gingen zur nächsten Wechselstube und dann liefen wir fast zur Garage. Für diesen Tag wenigstens wollten wir einen Teil, den trübsten Teil, unserer Sorgen vergessen. Die Grundstimmung war immer noch grau; und es passte zu dieser Stimmung, dass wir zur Gräberstadt der Etrusker fahren wollten, zur Nekropolis von Cerveteri. Die Fahrt würde den Tag ausfüllen, die Gräber passten wie angemessen zu den Schächten, in denen wir selber wohnten.

Die Fahrt war so schön, dass wir Kieselsteine, größere Steine, und zuletzt Klumpen unserer Sorgen abwarfen. Als wollten sie uns ein wenig Mut zusprechen, kam uns ein hochbeladener und geschmückter Maultierwagen nach dem anderen entgegen. Sie brachten Weinfässer zur Stadt, und die Kutscher, die hoch auf dem Wagen saßen, sangen laut.

Als wir in die Nekropolis eintraten, sahen wir uns suchend um – nach Gräbern. Aber alle die kleinen und großen Grabhügel waren von Blumen verdeckt, sie standen in einem Garten voll Tulpen, Narzissen, Glyzinien und gelb blühenden Büschen, die wir nicht kannten.

Der Mann, der uns die Gräber zeigen wollte, war ein hoch gewachsener Jüngling, dem eine Art Uniform den nötigen Ernst verlieh, um mit schön einstudierten Sätzen den fremden Besuchern die Bauten und Schätze der Gräberstadt zu erklären. Man sah ihm an, wie sehr er die Stadt der Toten liebte. Es war sein Reich, das er beherrschte – seine Stimme klang, als hätte er selbst, vor Jahrtausenden die Stadt entworfen, erbaut, betreut – er betreute sie noch jetzt. Die Tulpenbeete zu beiden Seiten des Weges hatte er selbst gezogen und freute sich, dass sie ernst und vernünftig dastanden. Tulpen seien vernünftig, fand er, während Nelken oft dazu neigten, unordentlich und zerzaust auszusehen.

Er führte uns feierlich zum Tor eines Grabes, das einem grasbewachsenen Hügel glich. Drinnen aber, jenseits des Tores, standen wir im Innern eines kleinen Hauses, einer freundlichen Schlafstube, die zum Bleiben einlud – zwei steinerne Ruhebetten standen links und rechts an den Wänden, vor den Betten lagen Trink-und Essgefäße und Reihen von Tränenkrügen, die einmal mit Tränen aus weinenden Augen ergriffener Hinterbliebener gefüllt gewesen waren.

Über den Betten hingen die Waffen des Mannes, die Hausgeräte der Frau, sie hingen an bunt und schön bemalten Wänden, die nun verblasst waren, aber Pferd und Wagen über dem Bett des Mannes hatten noch ihre klaren Farben.

Es war die behaglichste, friedlichste Schlafstube, die es geben konnte. Kein Schrecken vor Grüften, Erde und Finsternis hafteten ihr an. Ich wünschte sehnlichst, die Menschheit unserer Zeit würde weniger Kasernen, Büros, Geschäftsräume und Fabriken bauen, dafür aber die freundlich-wohnlichen, tröstlichen Gräber der etruskischen Zeit. Kein Mensch mehr würde sich vor dem Sterben fürchten, wenn er in hellen, luftigen Räumen gemütlich den mumifizierten Rest seines Daseins verbringen könnte. Nachts konnte man möglicherweise plaudern, sonntags kamen von Zeit zu Zeit die Anverwandten, füllten die kunstvollen Vasen mit Blumen und mühten sich ab, noch eine letzte Träne in den Tränenkrug zu vergießen.

Der junge Mann, der uns führte, hatte gelernt, was über das Leben etruskischer Stämme zu lernen war; er wusste von Daten, Schlachten, Kultgebräuchen und Künsten des Volkes, das geblüht hatte und vergangen war, das einzige Volk der Erde, dessen Schrift kein Gelehrter der Welt jemals entziffert hatte. Nur den Namen der Könige fand man in römischen Schriften, aller Könige; das Wort König hieß Lugomone. Was sie sonst an Worten besessen hatten, die Sprache, das Geheimnis der Schrift hatten sie mit in die Gräber genommen; und in den Gräbern würden sie bleiben, sagte der junge Betreuer der Totenstadt, als sei er stolz darauf, dass die Toten der Nachwelt von Archäologen und Forschern in spitzbübischer Weise die Entzifferung ihrer Schrift verschwiegen hatten.

Wir sahen noch viele Gräber, Schlafstätten, umrankt von Büschen und Blumen.

Auf einem der niedrigen Hügel ruhten wir aus. Der junge Uniformierte, der letzte Lugomone der Stadt, zog sich zurück und überließ uns unseren Gedanken. Wir sahen über die Gräber hin, und plötzlich, ohne Zusammenhang, fragte Paul, ob ich Ginos Angebot annehmen würde – vielmehr, weshalb ich es nicht gleich umgehend angenommen hätte?

»Welches Angebot?«

Es sei nicht seine Schuld, dass er jedes Wort gehört hätte, antwortete Paul. Nach dem Gehörten zu schließen, habe Gino den Wunsch geäußert, mit mir zusammen zu bleiben – wie lange, sei vorläufig dahingestellt. Aber konnte es etwas Besseres für mich geben, als sorglos zu leben, als Ginos Begleiterin und Freundin? Selbst wenn er die Absicht hatte, mir die Betreuung der Kinder aufzuhalsen, es seien reizende Kinder, acht- und neunjährig und ziemlich selbstständig, ich würde nicht allzu viel Mühe mit ihnen haben.

Wir beide, sagte er endlich und roch lange an einer der weißgelben Narzissen, zu der er sich niederbog, wir beide seien bestens befreundet, er merke es mehr und mehr in diesen Tagen, aber wenn Gino die Absicht habe, mich zu heiraten –.

Ich wollte ihn unterbrechen, aber er schnitt mir mit einer Handbewegung das Wort ab. »… dich zu heiraten, eine vernünftige Frau, die genau das zu sein scheint, was er braucht – kein stürmischer Teenager mit ewigen Sehnsüchten und Küssen –, eine Frau, deren Beruf sie innerlich selbstständig bleiben lässt …«

»Die Wand zwischen uns ist so dünn, dass ich jedes Wort hören musste«, sagte er noch. »Gino wird weitere Worte gesprochen haben –.«

Ich nickte einfältig und starrte geradeaus wie Schafe im Regen. Ich wollte reden, die Stille dehnte sich, aber ich brachte kein Wort heraus.

»Anfangs hat es mir leidgetan, dich zu verlieren«, er sprach jetzt rascher, als wollte er das Gespräch hinter sich bringen. »Wenn von zwei Freunden einer heiratet, bleibt von der Freundschaft«, er schnippte mit den Fingern, »nicht so viel übrig. Es war der Grund, weshalb ich an diesem Abend ein bisschen getrunken habe. Aber jetzt sehe ich ein, dass es das Beste für dich wäre, wenn du –.«

»Es wäre das Beste«, unterbrach ich ihn, »wenigstens vorläufig und für einige Zeit, wenn ich imstande wäre … ein so völlig verändertes Leben … mit fremden, mit einem, der völlig fremd…«

Ich saß rettungslos fest. Außerdem hatte ich direkt in die Sonne gesehen, in zwei Sonnen, in die, die am Himmel stand und in Pauls Worte: dass es ihm leidgetan hätte, mich zu verlieren. Beide Sonnen blendeten mich so sehr, dass ich mit geschlossenen Augen nach meinen Zigaretten tappte und die Streichhölzer nicht fand. Paul griff nach den Streichhölzern, und eines davon flammte so dicht vor mir auf, dass ich die Zigarette am Filterende anzündete und gleichzeitig Pauls Augen sah, die von Fischen wimmelten.

Wenn ich jetzt lächelte, dachte ich, würde es ein dämlich-seliges Lächeln sein; darum starrte ich ernst auf die Narzisse, die Paul in Gedanken abgerissen hatte und in der Hand drehte.

»Wenn die Aussichten besser wären, sähe ich im Grund keinen Grund, weshalb nicht wir beide zusammenbleiben sollten«, sagte er undeutlich und quirlte den dünnen Narzissenstiel, bis er dicht unter dem Kopf abbrach, »aber so, wie die Zeiten nun aussehen –.«

Dann redete er mir wieder ernsthaft zu, Ginos Angebot, wie er es nannte, anzunehmen.

Im Grund keinen Grund, es war der erste Sprachfehler, den ich von Paul gehört hatte, seit ich ihn kannte. Der Zungenschlag des piccola sbornia ausgenommen.

Innerlich stellte ich fest, dass es vollkommen falsch gewesen wäre, an Pauls undeutlichen Satz vom Zusammenbleiben – bei besseren Aussichten – festzuhalten. Derlei Sätze redeten Männer hin, wenn sie zufällig in freundschaftsbedürftiger Stimmung waren. Außerdem hatte Pauls innere Festigkeit in den letzten Tagen gelitten.

Aber der zärtliche Teich in mir hatte sich so weit ausgedehnt, dass ich die Ufer nicht mehr erkennen konnte, und beide Sonnen spiegelten sich darin.

Auch weiterhin würde das Leben schwer sein, Sorgen und Kummer würden daran nagen, aber der Unterschied zwischen Männern und Frauen bestand darin, dass Männer nur glücklich sein konnten, wenn sie sorglos waren, Frauen aber trotz allen Sorgen glücklich sein konnten, wenn die Zärtlichkeit eines einzigen Wortes sie berührt hatte.

Als wir gingen, überschritt ich, ohne zu zucken, die Grenzen der Albernheit. Ich nahm, hinter Pauls Rücken, den Rest der zerbeulten Narzisse und steckte sie einstweilen in den Ausschnitt des Kleides. Als ich sie abends wiederfand, waren die Blätter abgefallen, aber fünf kleine gelbe Staubgefäße streckten mir strahlend die winzige Hand entgegen.

Am nächsten Morgen kam noch ein Telegramm, das Pauls Aussichten auf eine Arbeit, die ihn am meisten beschäftigte, vorläufig verschob.

Und nun, sagte er ruhig und fest, hätte er von Rom genug. Wir erwogen die Aussichten, fortzukommen. Wir mussten die Firmen aufsuchen, ob wir wollten oder nicht.

Vorher noch, sagte ich, konnte ich telefonisch auf Kosten des Hotels an Gino telegrafieren – und an Tonio gleichzeitig.

»Oder telefonieren«, sagte Paul lässig. Wir waren mittellose Hochstapler geworden; es war gleichgültig, ob das Hotel die Kosten des Telefons bestritt oder nicht. Warum hatte es sich geweigert, uns Geld zu borgen? Auf den Schein, den wir damals noch vorweisen konnten, bevor wir ihn an Tonio geschickt hatten.

Ich ließ mich mit Tonio Serto, Bolzano, verbinden. Das Gespräch kam so schnell, dass ich noch an dem Brötchen kaute, das ich vor Aufregung und Lampenfieber in den Mund gesteckt hatte.

Tonios erste Sätze waren nicht gleich zu verstehen. Dann begriff ich, dass er in aller Eile sich und mich beschimpfte! Wen er für den Schuldigen hielt, ging im Gespräch verloren, aber jedenfalls hatte ich vergessen, meine Adresse in Rom anzugeben, und er hatte vergessen, danach zu fragen.

»Eden!«, schrie ich aufgeregt in den Apparat, »Hotel Eden!«

»In Ordnung«, sagte Tonio, »ich schicke es telegrafisch, abends hast du das Geld!« Dann erst fügte er sanfter hinzu, dass er mir gute Tage im Rom wünschte und auch sonst alles Gute. Und bei der Rückreise sollte ich an Bolzano vorbeikommen und seine Nerven pflegen, die zufolge der tagelangen Suche nach meiner Adresse ernstlich erkrankt seien.

Ich lachte und dankte ihm so lange, bis eine weibliche Stimme »Tre minute« dazwischenrief.

Heute Abend noch, sagte ich und sank erlöst und erschöpft in den nächsten Stuhl. Im gleichen Augenblick schrillte das Telefon noch einmal. »Zu Ende, das Gespräch ist zu Ende!«, rief ich, aber nun war es eine männliche Stimme, die anscheinend nicht begriff, weshalb das Gespräch zu Ende sein sollte.

Die männliche Stimme verlangte Herrn Berris zu sprechen. Ich reichte Paul den Hörer. »Pronto«, sagte die Stimme, dann knackte es in der Leitung, und endlich, nach vielen Prontos, schien Paul mit dem eigentlichen Urheber des Anrufs verbunden zu sein.

Ich merkte an Pauls Gesicht, dass er sich wunderte, und allmählich ging die Verwunderung in sachlich erfreuten Ernst über. Zwischendurch machte er eine Kopfbewegung, als verbeuge er sich leicht. Es konnte nichts Schlimmes sein, was die Stimme im Apparat verlangte; sie sprach pausenlos, rasch, und Paul nickte zuweilen, zustimmend oder verstehend –.

»Alle quattro«, sagte er zuletzt, »quattro.«

Dann legte er den Hörer auf.

»Wenn du errätst, mit wem ich gesprochen habe«, sagte er und grinste mich an, »lade ich dich zu einem Espresso ein, auf der Via Veneto.« Natürlich erriet ich es nicht.

Es war Signor Maniali, mit dem er gesprochen hatte, Maniali, der Leiter und Inhaber der größten Fischkonservenfabrik Roms. Maniali. Weshalb hatte er angerufen?

Paul antwortete nicht gleich. Während ich Kappe und Handtasche nahm, die Puderdose auffüllte, die Hände wusch und die Kappe aufsetzte, ging er im Zimmer hin und her, lächelte abwesend, überlegte, pfiff vor sich hin.

Maniali hatte Paul vorgeschlagen, vielmehr gebeten, betonte er, den Bau des Direktionshauses der Fischkonservenfabrik zu übernehmen, von Anfang bis Ende, und gleichsam von morgen an. Das Haus sollte am Meer liegen und so weitläufig sein, dass auch das Ferienheim der Angestellten mit eingebaut werden konnte und das Kinderheim für die Kinder der Angestellten … Der Platz mit den Resten eines Palazzo, dessen Grundmauern man möglicherweise verwenden könnte, gehörte Maniali seit Jahren, aber nun hatte er sich zum Bau entschlossen.

Ich freute mich für Paul, ehrlich und ohne Neid. Paul war und blieb der große Klaus, dem die Strähne des Glücks in die Handfläche gewachsen war, sodass sie, gottlob, nicht abreißen konnte. Paul also würde in Rom bleiben; ich würde nicht mehr im Luxuswagen nach Hause gebracht werden; ich würde im Zug sitzen, dritter Klasse, wie es sich für mich gehörte, aber ich freute mich trotzdem.

Während ich die Kappe aufsetzte, sagte Paul, dass Frauen nie fertig würden mit ihren Lippenstiften, Haaren und Kappen. Und ich sollte mich ein wenig beeilen, damit wir in Ruhe auf der Via Veneto sitzen konnten. Um vier wollte Paul mit Maniali zusammentreffen, um sämtliche Punkte des Vertrags zu erörtern, festzulegen – im Stillen schien er schon jetzt mit Zahlen, Klauseln, Terminen beschäftigt.

Er sah froh und ungeduldig aus und ein wenig erregt von der plötzlichen Wendung. Dann sagte er noch wie nebenbei: »Du sollst auch mitkommen zu Maniali …«

»Ich? Weshalb?«

»Vermutlich«, sagte Paul, »nicht nur zur weiteren Dekoration seines sicherlich dekorativen Chefbüros. Du sollst die Innenarbeiten machen, mit mir zusammen.«

Ich legte die Kappe still wieder ab, schnäuzte mich, puderte die Nase und setzte die Kappe wieder auf. Ich sah Paul an, und dann gelobte ich irgendetwas und wusste vorläufig nicht was. Später würde es mir einfallen. Jetzt nahm ich nur Pauls Hand in meine Hände und drückte und streichelte sie.

»Umgekehrt, ich müsste dir die Hand drücken«, sagte Paul, »den Auftrag – das Angebot verdanken wir deinem Gino.«

Gino! Er hatte Maniali von uns erzählt, Maniali war unsertwegen gekommen an diesem Abend, an dem er anregend geschwiegen hatte.

Das Haus, die Räume, mit Paul zusammen – ich sah blaue Vorhänge an den Fenstern des Kinderheims; ich stolperte aufgeregt durch das Zimmer und stieß in der Tür mit einem Pagen zusammen, der leise geklopft hatte. Der Junge, der viel zu jung war, um schon den Kämpfen des Lebens ausgeliefert zu sein, erschrak sichtlich, als er mir fest auf die Zehen trat. In der Hand hielt er ein Tablett, auf dem zwei Telegramme lagen, eines an mich und eines an Paul. Ich bat ihn, dem Pagen zu übersetzen, dass ich ihm abends Lire geben würde, etliche Lire.

Dann machten wir die gefalteten Formulare auf.

Sie kamen von Hicks, entschuldigten sich der Verspätung wegen und teilten mit, dass die Verträge an uns abgesandt und unterwegs seien. »... bitten im Wort zu bleiben, nichts anderes abschließen, Termin vorverlegt, Bausumme genehmigt ...«

Paul lachte laut auf. »Gestern tot, heute rot«, sagte er übermütig und versicherte strahlend, dass er sich nicht einen Augenblick lang Sorgen gemacht hätte; es sei das Unsinnigste, was es gäbe, sich vorzeitig Sorgen zu machen.

Nun könnten wir wählen, sagte er, Hicks oder Maniali, Maniali – Hicks –. Bei jedem Wort nahm er drei Treppenstufen auf einmal.

Ich ging stiller hinterher. Ich war nicht gewohnt, aus Schächten umgehend emporgezogen zu werden, in grelle Scheinwerfer des Glücks. Ich würde an Glück, Arbeit, an diese Arbeit, an Geld und Sorglosigkeit erst glauben, wenn es nicht den geringsten Zweifel mehr gab, dass ein Vertrag »mit Punkten« in meiner Hand lag.

Irgendwann einmal saßen wir auf der Via Veneto und tranken nachtschwarzen Espresso, während bunte Frauen und fröhlich schwatzende Männer an uns vorbeigingen.

Irgendwann einmal saßen wir im Büro Manialis. Er hatte dasselbe Lächeln, das uns zu Höchstleistungen im Gegenlächeln ermunterte. Aber diesmal sprach er, nickte mir zwischendurch angeregt zu und sprach weiter, Paul sprach – und jenseits des Fensters, dort, wo Roms Hügel sanft bläuliche Umrisse in den Himmel zeichneten, sprach auch Gino; er sagte, Maniali sei ein Meister in seinem Fach, er käme, lächelte und bezahlte die Rechnung, er sei einer seiner angenehmsten Freunde.

DANN traten wir in die Hotelhalle und erfuhren, dass Geld für uns angekommen sei, telegrafisch. Wir könnten es heute noch beim Hauptpostamt beheben. Das Postamt läge am Bahnhof. Stazione Termini …

Wir nickten sanft, und unsere Rücken, die tagelang mit leichter Krümmung, mit unmerklicher Krümmung an der Portierloge vorbeigegangen waren, strafften sich und wurden zu festen, geraden, federnd-beweglichen Rücken.

»Hicks oder Maniali?«, fragte Paul, als wir Arm in Arm zum Postamt gingen.

Wir waren nicht weit vom Hotel entfernt, als ein Page hinter uns herstürzte und uns zum Telefon zurückrief. Mich zurückrief. Paul begleitete mich. Am anderen Ende der Leitung sprach ein machtvoller Mann aus München, dem ich vor langer Zeit Stoff- und Möbelentwürfe zugeschickt hatte, mit der Bitte um Antwort.

Die Stimme im Apparat klang so, als hätte ich nicht vor langer Zeit, sondern spätestens gestern um Antwort gebeten.

Sie hätten sich nun entschlossen, die Stoffe machen zu lassen und sie in den Schaufenstern der Hallen »Haus und Heim« auszustellen, erklärte die Stimme sachlich freundlich. Ich solle die Schaufenster dekorieren. Was ich für Stoffentwürfe und Dekoration verlange?

Paul zischte mir eine Summe zu, deren Höhe mich erschauern ließ. Aber ich nannte die Summe. Genau das hätten sie sich gedacht, sagte die Stimme im Apparat und fügte hinzu, dass die Arbeit Eile hätte. Durch Zufall nur hätten sie meine Adresse erfahren. Wann ich in München sein könnte? Am besten sollte ich mit dem Nachtzug fahren, dann würden sie mich nach der Ankunft des Zuges, mittags also, in ihrem Büro erwarten.

Heute Nacht, sagte ich stotternd und ehrfurchtsvoll, könne ich leider nicht fahren; ich sei beruflich hier. Ich wüsste auch nicht, wann meine Arbeit hier zu Ende ginge.

»Dann erwarten wir spätestens morgen Ihre Nachricht«, sagte die Stimme nicht ganz so freundlich.

Ich taumelte aus der Zelle, in deren Tür Paul gestanden und mir die Summe zugezischt hatte. Ich konnte nicht mehr. Ich hatte noch nie im Leben drei Aufträge gleichzeitig bekommen …

Als ich die Augen wieder aufschlug, standen Paul, der Portier, der Geschäftsführer und ein Kellner um mich herum. Paul hielt ein Glas Wasser in der Hand und drückte es mir an den Mund, ich sollte trinken. Gleichzeitig schob mir der Geschäftsführer einen nassen Essiglappen unter die Nase, aber da ich die Augen schon offen hatte und der Essig überflüssig geworden war, rieb er mir die Schläfen damit ein.

Paul teilte mir mit, dass ich aus der Telefonzelle getreten und dann, mit dem Kopf nach unten, quer über einen Sessel gefallen sei. Dabei sah er mich besorgt an. Zuerst bei der Cestuspyramide und jetzt in der Halle.

Ich wurde dunkelrot. Sicherlich dachte er, dass ich zu Schwindelanfällen neigte. Aus Gründen, die Frauen erst zugaben, wenn sie den tristen Schritt von der vorletzten zur letzten Brücke längst überstanden hatten.

Ich schüttelte heftig den Kopf und zog meinen Pass heraus. Bisher hatte ich Paul mein Alter verschwiegen, jetzt deutete ich auf die Jahreszahl. »*Erst*?« sagte er mit übertriebenem Erstaunen und grinste mich an; er hätte mich, immer schon, für wesentlich älter gehalten.

Ich trank nur einen Martini. Paul trank zwei. Dann entschieden wir uns für Maniali. Es würde schön sein, in Rom zu arbeiten, sagte Paul, es würde uns guttun; wir hätten bisher wenig von Rom gehabt –.

Aber die anderen Firmen? Ich kam mir grenzenlos hochmütig und aufgeblasen vor, wenn ich mir vorstellte, dass ich den freundlichen Arbeitgebern absagen sollte. »Sie werden sich trösten«, sagte Paul, »deine Absage hebt nur dein Ansehen in ihren Augen.«

»Und bei Maniali bist du zu billig gewesen«, fügte er hinzu, »du hättest das Doppelte herausschlagen können!«

Bei dem Gedanken an das Doppelte bekam ich den Anfall, den ich lange entbehrt hatte. Ich lachte lautlos und laut, ächzend und schluchzend; ich wollte aufhören und konnte nicht; und dann hörte ich plötzlich mit einem peinlich schnaubenden Schnarchen auf.

Paul sagte laut und deutlich, dass Gino ihn auf einen ausgezeichneten Einfall gebracht hätte. Wenn er die Sache bei Licht besähe – dabei starrte er tiefsinnig in seinen Martini –, sollten, *müssten* zwei Leute wie wir zusammenbleiben, bis zum seligen Ende und darüber hinaus. Eine der netten, gemütlichen Schlafkammern in Cerveteri sei sicher zu kaufen, wenn man es geschickt anfinge. Dann lägen wir als nett parfümierte, soignierte Mumien auf unseren Betten und plauderten nachts von den reizenden und scheußlichen Erinnerungen unseres Lebens.

Vorher aber würden wir taprig, rheumatisch und steifbeinig uns gegenseitig stützen. Wir würden längst kein Auto mehr haben, aber alljährlich würden wir mit der billigsten Reisegesellschaft einen wackligen Bus besteigen – zur Pilgerfahrt nach Rom.

ICH hatte gelobt, irgendetwas zu geloben. Ich suchte lange nach dem Platz, um das Gelöbnis auf den richtigen Stufen niederzulegen. In einer der Kirchen traf ich Antonius, den sanften Heiligen, aber sein Lächeln war zu klug, es schien mir anzudeuten, dass Gelöbnisse möglicherweise gebrochen würden und dass man sie darum vielleicht lieber an weniger ernsten Stellen zu Gehör bringen solle.

Ich ging noch dahin und dorthin, aber nirgends fand ich die Stelle, die die notwendige Teilnahme zeigte für mein Gelöbnis, das inzwischen kein eigentliches und sinnvolles Gelöbnis mehr war, sondern der Wunsch, zu sprechen, zu plaudern, einer verstehenden Seele mitzuteilen, was mir des Mitteilens wert schien, in aller Stille und ohne mehr Antwort zu verlangen als bestenfalls ein zustimmendes Lächeln im Blick.

In einer Nacht, die inzwischen sommerlich warm geworden war, lag ich auf dem Balkon, legte leere Blätter, Feuerzeug und Zigaretten neben mich und sah in den Mond, in denselben Mond, der auf der Via Appia schwer und rund gewesen war, inzwischen an Rundung verloren hatte und nun wieder als blanke volle Scheibe am Himmel stand.

Plötzlich wusste ich, dass es der Mond war, der mich anhören wollte, ihm konnte ich sagen, was ich aussprechen musste, um es nie wieder zu vergessen.

Ich stand auf, legte die Hände auf die Brüstung, ich sprach zum Mond hinauf und zu den Schlafenden hinunter – zu irgendeinem der Schlafenden hinter den Fensterscheiben, die vom Licht des Mondes Kringel und Streifen aufgefangen hatten und damit spielten.

»Schlaf ruhig, ohne Verwirrung und Angst«, sagte ich, »ich weiß es nun, ich habe ein Leben lang darauf geachtet, ich weiß nun, dass Sorgen, Wünsche, Kummer und Träume sich gleichmäßig nach Gesetzen und Zeiten heben und senken, als würden sie auf die Waage gelegt, geprüft und zugemessen …«

Sorgen und Kummer, wenn du näher hinsiehst, erkennst du die Uniform, die Verkleidung; es sind Wachen, Nachtwachen, Beamte im Dienst, sie bleiben nicht lange auf ihren Posten, sie werden abgelöst. An ihre Stelle treten Beamte des Glücks, des Gelingens, der Freude, der guten Zeit …

Schlaf ruhig, das Jahr hat viele Tage, einer der Tage wartet auf dich, es ist dein Tag, er macht alles wieder gut.

ENDE

Zwei in Italien

Juliane Kays Romanze im Kontext der Literatur der 1950er-Jahre

»Die Bar des Hotels war der Ort, wohin ich gehörte. Ein in den Grundfesten zweifelhaftes, aber teilweise pfiffiges Zeitalter hatte den Frauen erlaubt, sich wie Männer auf Barhocker zu setzen, Schnäpse zu kippen, zu rauchen –.« (S. 90) Auf der Flucht vor dem gemeinsamen Programm mit zufällig getroffenen missliebigen Bekannten beschließt Juliane Kays Ich-Erzählerin im 1957 bei Kurt Desch erschienenen Roman *Zwei in Italien* alleine eine Hotelbar aufzusuchen. Und tatsächlich steht diese Lokalität wie sonst keine für weibliche Emanzipation, Autonomie und Gleichberechtigung, die im transitorischen Raum des Hotels grenzüberschreitende Verhaltensweisen und Begegnungen ermöglicht. Hier können Frauen – sogar im konservativen Italien der 1950er-Jahre – alleine herkommen, trinken (!), rauchen (!!) und (Männer-) Bekanntschaften (!!!) machen. Kays namenlose Ich-Erzählerin entspricht ohnehin nicht dem klassischen Frauenbild der Zeit: Sie ist berufstätig, unverheiratet, kinderlos, Raucherin und mit diesem Lebensentwurf äußerst zufrieden. Männliche Liebschaften spielen zwar immer wieder eine Rolle in ihrem Leben, doch schätzt sie ihre emotionale wie auch berufliche Ungebundenheit. Ihre Selbstständigkeit ist es auch, die sie für das andere Geschlecht so interessant macht. Denn natürlich lernt sie an ihrem Solo-Abend in der Hotelbar einen Mann kennen, und hier nicht irgendeinen, sondern den italienischen Filmstar Gino Checcio, der blendend aussieht und nach seiner gescheiterten Ehe auf der

Suche nach den inneren Werten einer Frau ist. Dieser Flirt reißt vor allem Paul, den langjährigen (platonischen) Freund und Arbeitskollegen der Ich-Erzählerin, aus seiner Komfortzone und er ringt sich zu so etwas wie einer Liebeserklärung an sie durch: »dich zu heiraten, eine vernünftige Frau […] – kein stürmischer Teenager mit ewigen Sehnsüchten und Küssen –, eine Frau, deren Beruf sie innerlich selbstständig bleiben lässt …« (S. 153) Immerhin beschließen die beiden zu Romanende, gemeinsam alt zu werden und auch über den Tod hinaus zusammenzubleiben, wofür sie eine gemeinsame Grabkammer kaufen wollen.

Konventionen gelten beiden Figuren wenig und das Spiel mit ihnen ist es auch, was den Reiz des Romanplots um das Generalthema Liebe versus Freundschaft ausmacht. Zu Beginn werden beide Romanfiguren ganz den Geschlechterrollenklischees entsprechend vorgestellt: Paul ist einer der »Männer, die aus dem Norden stammen, [sie] reisen mit Landkarten im Kopf, sie kennen die Flüsse, die Berge, die Pässe, die Wasserscheiden; sie wissen, dass der Granit aufhört und der Porphyr beginnt und Ähnliches. Ich wusste nichts.« (S. 16)

Der rational denkende, auf verbrieftes Wissen zurückgreifende, aktiv bestimmende Mann steht der emotional gesteuerten, intuitiv handelnden, passiv reagierenden Frau gegenüber, deren Qualität vor allem darin besteht, sich auf häuslich-praktische Weise nützlich zu machen: »Paul tat, was Männer tun, wenn sie Hilfe brauchen, er lächelte zutunlich und leutselig, und ich tat, was Frauen in solchen Fällen tun, ich teilte Trinkgelder und Zigaretten aus.« (S. 20)

Den ersten Knick erhält die klassische Rollenverteilung, als sie in Bozen ihr erwartetes Geld erhält, er aber nicht und fürderhin auf ihr finanzielles Wohlwollen angewiesen ist und zumindest in dieser Beziehung von ihr abhängig ist. Nach und nach emanzipiert sich die Ich-Erzählerin dann von den traditionellen Erwartungshaltungen und dem »Getue mit den Männern«; sie ist nicht länger bereit, die geduldige Gesellschaftsdame zu geben, die im Zeichen der »Liebe« jede männliche Laune zu ertragen bereit ist, und gewinnt gerade durch diese selbstbewusste Verhaltensweise und ihre Fähigkeit zur Selbstironie auch an neuer Attraktion für die Männerwelt.

»Die Welt, das Wesen der Frau aller Altersstufen und Zeiten war und ist das Gebiet, dem Juliane Kay ihre vornehmliche Liebe widmet.« – Das schreibt Kays Schriftstellerkollege Alfred von Buttlar-Moscon im Herbst 1953 im Büchermagazin *Das Wort* anlässlich der Prämierung des Films *Vergiß die Liebe nicht* (1953, Regie: Paul Verhoeven) mit dem renommierten Deutschen Bundesfilmpreis für das beste Drehbuch, das Juliane Kay verfasst hatte. Hier steht eine Frau im Zentrum, die ihren Lebenstraum Pianistin zu werden der Realität als Ehefrau und Mutter geopfert hat und sich diesen über Umwege zurückerobert.

Im ebenfalls 1953 erschienenen »Roman einer Leidenschaft«, wie der Untertitel von *Meine Schwester oder meine Frau* lautet, thematisiert Kay die Beziehung zwischen Charlotte von Stein und Goethe mit dem Augenmerk auf das Seelenleben der geistvollen, erst spät zur Liebe bereiten, älteren Frau. Auch wenn Kay beim Entwurf der weiblichen Lebensentwürfe und bei der Lösung von Ehe- oder Beziehungskonflikten meist traditionellen Mustern folgt, die auf Bewahren und Fortführen herkömmlicher Familienmodelle und Gesellschaftsordnungen setzen, ist ihr Fokus auf Frauenfiguren und deren spezifisches weibliches Erleben bemerkenswert.

Denn gerade in der »verschmierten Zeit« der 1950er-Jahre (Hilde Spiel) sind in Österreich Autorinnen und Frauen als Protagonistinnen literarischer Werke Mangelware. Das restaurative

Klima nach dem Zweiten Weltkrieg ließ kaum Platz für Neues und bot der jungen Generation nur wenig Spielraum. Schon 1948 wurden ca. 90 Prozent der 530.000 registrierten Nationalsozialist:innen vom österreichischen Parlament wieder rehabilitiert und bald kehrten auch in den Literaturbetrieb viele der von den Alliierten aus ihren Funktionen entfernten und mit Schreibverbot belegten Akteur:innen auf ihre vormaligen Positionen zurück. Frauen waren in der – männlich dominierten – literarischen Szene natürlich erst recht auf Nebenschauplätze verwiesen.

Immerhin sind in der vom Schriftsteller und *Plan*-Redakteur Rudolf Felmayer im Bergland Verlag betreuten Reihe *Neue Dichtung aus Österreich* auch Nachwuchsautorinnen vertreten: 1956 erscheinen hier Marlen Haushofers (1920–1970) Erzählung *Die Vergißmeinnichtquelle* (1956) oder Friederike Mayröckers (1924–2021) »konfuses Buch« *Larifari.* Und auch ermordete oder ins Exil gegangene Schriftstellerinnen werden in dieser Reihe gedruckt: 1957 erscheint hier von Alma Johanna Koenig (1887–1942) *Schibes und andere Tiergeschichten,* und 1955 die Novelle *Das unvollendete Abenteuer* der 1947 aus dem britischen Exil zurückgekehrten Martina Wied (1882–1957). Sie ist es auch, die 1952 als erste Frau den Großen Österreichischen Staatspreis für Literatur erhält, nachdem sie kurz zuvor noch einige ihrer monumentalen Romane wie *Das Asyl zum obdachlosen Geist* (1950), *Das Krähennest* (1951), oder *Die Geschichte des reichen Jünglings* (die bereits 1943 entstanden ist, aber erst 1952 veröffentlicht wird) publiziert hat. Erfreulicherweise sind diese drei Romane Wieds heute alle erhältlich, da sie drei verschiedene Verlage – darunter auch der Milena Verlag – verdienstvollerweise neu aufgelegt haben (*Die Geschichte des reichen Jünglings*, 2005; *Das Asyl zum obdachlosen Geist*, 2020; *Das Krähennest*, 2021).

Die 1899 geborene Juliane Kay (die auch unter den Namen Ernestine/Erna Baumann bzw. Ernestine Smreker geführt wird) gehört fast der gleichen Generation wie Wied an, zählt jedenfalls nach dem Zweiten Weltkrieg zu den arrivierten Autorinnen; ihr Lebenslauf ist aber verglichen mit dem Wieds um einiges linearer, die politischen Umwälzungen scheinen Kay nicht zu tangieren. Während Wied 1936 den NS-regimekritischen Roman *Rauch über Sanct Florian* publiziert und 1939 nach England flüchten muss, feiert am 16. April 1938 Kays Drama *Charlotte Ackermann* am Wiener Akademietheater eine vielumjubelte Premiere.

Es ist die erste Aufführung eines Dramas von Kay in Österreich, die hier zuvor vor allem als Schauspielerin in Erscheinung getreten war. Nach einem Engagement bei der Wanderbühne des Wiener Burgtheaters, mit der sie durch die österreichische Provinz tingelt, spielt Kay in Innsbruck, München, Dresden und Berlin. An der Volksbühne in Dresden und in Berlin unter der Prinzipalin Agnes Straub führt Kay auch Regie. Im konservativen Feuilleton wird nun die Dramatikerin gefeiert, die unter Ignoranz der weiblichen Theaterproduktion der vergangenen Jahre – die immerhin so prominente Namen wie Marieluise Fleißer, Else Lasker-Schüler, Anna Gmeyner oder Gina Kaus vorzuweisen hat – und mit Fokus auf ihr äußeres Erscheinungsbild als Ausnahmeerscheinung präsentiert wird: »Juliane Kay ist anders als man sich Frauen vorstellt, die Stücke schreiben. Man sagt, daß solche Geschöpfe Brillen tragen, wie ein Mann in Frauenkleidern aussehen – und daß die Stücke schlecht sind! Wir sitzen einer Ausnahme gegenüber.« (Neues Wiener Journal, 20.3.1938, S. 25) 1927 hat Kay mit *Slovensca annica* ihr erstes Stück geschrieben, ab 1934 folgen im Jahrestakt neue, die mit Titeln wie *Junge Frau träumt* (o. J.), *Das Dorf und die Menschheit* (1934), *Leben in der Luft* (1935) oder *Die arme Marie* (1935) mehrheitlich dem Lustspiel-

oder Volksstückfach zuzuordnen sind, zumeist um weibliche Protagonistinnen kreisen und auf zahlreichen Bühnen in Deutschland gespielt werden.

Zudem ist Kay auch als Erzählerin produktiv und erfolgreich: Nach ihrem Debüt *Silhouetten in Farben* 1923 erhält sie 1926 für ihren Roman *Abenteuer im Sommer* von der deutschen Buchgemeinschaft Berlin den Jugendpreis deutscher Erzähler, worauf dieser Roman im Folgejahr in einer Auflage von 10.000 Stück veröffentlicht wird. In diesem Genre folgt 1929 der Roman *Frauen um Fedja* und 1933 der historische Roman *Der Erzbischof von Salzburg*. Ab 1938 laufen Kays Stücke regelmäßig auf den Wiener Bühnen, im November des Jahres hat *Der Schneider treibt den Teufel aus* seine Wiener Erstaufführung am Deutschen Volkstheater, im Juni 1939 folgt die Sommerkomödie *Der Birnbaum* im Akademietheater. Im April 1941 wird *Der Zauberer* mit Hans Thimig in der Titelrolle am Theater in der Josefstadt aufgeführt, hier findet im März 1943 auch die Uraufführung von *Vagabunden* mit Paula Wessely in der Hauptrolle statt, die höchst erfolgreich läuft; ein knappes Jahr später wird die 75. Vorstellung gespielt. 1949 wird der Stoff von Rolf Hansen mit Paula Wessely und Attila Hörbiger auch verfilmt, allerdings ohne Mitwirkung von Kay – obwohl sie sich zu der Zeit schon als Drehbuchautorin bei der UFA in Berlin einen Namen gemacht hatte.

Nach dem Zweiten Weltkrieg wird im November 1948 *Der Schneider treibt den Teufel aus* im Neuen Schauspielhaus (in Wien-Meidling) aufgeführt, zumindest in der *Arbeiter-Zeitung* reagiert man auf diese Reprise des restaurativen Kulturbetriebs eher verhalten: Das Stück sei »der typische Lustspielersatz, wie er im Dritten Reich der Surrogate üblich war« und stammt von einer Autorin, »die in der Nazizeit eine Hauptlieferantin der deutschen Bühnen wurde« (Arbeiter-Zeitung, 7.11.1948, S. 6).

In den 1950er-Jahren ist Kay als Drehbuchautorin sehr produktiv, zu dieser Zeit schreibt sie an die drei Drehbücher im Jahr für deutsche Liebes- und Heimatfilme. Außerdem verfasst sie vermehrt Romane, bis zu ihrem Tod 1968 weitere zehn, darunter 1951 *Kein Tag kommt zurück*, der die Geschichte einer österreichischen Ärztefamilie in der ersten Hälfte des 20. Jahrhunderts erzählt. Der zeithistorische Hintergrund wird jedoch in »Glassturzmanier« mehr ausgespart als angedeutet, wie der Rezensent der *Arbeiter-Zeitung* in einer Sammelbesprechung, die u. a. auch Heimito von Doderers im selben Jahr erschienene *Strudlhofstiege*, Erika Mitterers *Die nackte Wahrheit*, Ernst Lothars *Verwandlung durch Liebe* und Hans Weigels *Unvollendete Symphonie* behandelt, kritisch vermerkt und hinsichtlich des zeitgenössischen »österreichischen Roman[s]« zu dem generellen Schluss kommt: »Wir sehen uns im Besitz einer Reihe ausgezeichneter Schriftsteller, aber den meisten von ihnen fehlt der Mut, den Zeitproblemen offen gegenüberzutreten und sich ehrlich mit ihnen auseinanderzusetzen.« (Arbeiter-Zeitung, 9.12.1951, S. 20)

Das sechs Jahre später erschienene *Zwei in Italien* ist demgemäß genauso aus der Zeit gefallen, der Roadtrip des charmanten Duos durch das stets sonnige und strikt nach bildungsbürgerlichen Kriterien vermessene Italien erhebt aber allerdings gar keinen derartigen Anspruch. Mutig ist in diesem Roman aus den konventionell geprägten 1950er-Jahren die Darstellung der traditionellen Geschlechterrollen als durchlässig und veränderbar sowie der Fokus auf eine emanzipierte Frauenfigur, die mit Selbstbewusstsein, Professionalität und Witz alternative Verhaltensweisen und Handlungsspielräume für Frauen eröffnet.

Veronika Hofeneder

Veronika Hofeneder
Literaturwissenschaftlerin und Lehrbeauftragte am Institut für Germanistik der Universität Wien. Leitung und Durchführung mehrerer wissenschaftlicher Projekte zu Gina Kaus und Vicki Baum, derzeit Arbeit an einer Werkausgabe von Vicki Baum im Rahmen eines DACH-Projekts (FWF/DFG). Forschungsschwerpunkte: Literatur und Kultur der 1920er- und 1930er-Jahre, Österreichische Literatur des 20. und 21. Jahrhunderts, Literatur von Frauen, Literatur und Individualpsychologie, Feuilletonforschung, Editionsphilologie.

Gedruckt mit freundlicher Unterstützung durch

Umschlag: Boutique Brutal, boutiquebrutal.com
Druck und Bindung: Finidr s.r.o.

www.milena-verlag.at
ISBN 978-3-903184-79-4

Weitere Titel und unser Gesamtverzeichnis
finden Sie auf milena-verlag.at